꿈꾸는 낭송 공작소

꿈꾸는
낭송
공작소

소년과 노인의 아름다운 낭송 이야기

이숲오

×

장편소설

문학수첩

차례

1장

×

소년, 노인을 만나다

소년이 노인을 만난 것은 순전히 우연이었으나, 그날의 기억은 이상하리만치 또렷하게 남아있다. 외모를 보고 노인이라고 판단한 것은 아니었다. 그 후 둘이 나눈 수많은 이야기들로 미루어 소년이 짐작했을 뿐이다. 그날 소년은 마지막 거리 공연을 마치고 돌아오는 길에 편의점에 들렀다. 읽다가 꽂아둔 책을 책장에서 뽑듯이 냉장고에서 저가형 캔 맥주 하나를 익숙하게 집어 들고 계산대로 갔다. 개인적인 대화를 주고받은 적은 없으나 안면이 있는 아르바이트생은 소년에게 더 이상 신분증을 요구하지 않는다. 이곳까지 오는 길에 이미 세 개의 편의점을 지나친 이유도 이런 사소한 편의 때문이다. 나이보다 어려 보이는 소년은 주류를 살 때마다 지갑을 두 번씩 여는 것이 불편했다.

편의점을 나와 마치 좌석을 지정받은 관객처럼 맞은편에 있는 공원으로 가 입구에 놓인 나무 벤치에 앉았다. 등받이가 있는 작은 벤치인데, 혼자 술을 마실 때 편안해서 즐겨 찾다 보니 이제는 익숙한 장소가 되어버렸다. 얼마 전 다친 검지를 쓰지 않고 캔을 따려니, 이를 대신하기에 손가락 중에서는 중지가 적절했다. 같은 행위라도 손가락마다 느끼는 감각은 제각각이다. 처음에는 술을 마시기 위해 손목을 쓰다가 이내 소년은 맥주를 입술에 댄 채 서서히 고개를 젖혔다. 깊어지는 여름의 밤하늘은 검다기보다는 오히려 짙은 파랑이었다. 오늘 처음 알아챈 색이라고 유난스러워 하자 갑자기 눈가가 뜨거워졌다. 블루가 감정을 흔드는 색이라는 것을 온몸으로 실감하는 순간, 소년은 혼란스러웠다. 푸른색은 꿈과 어울려 가슴 뛸 것 같은데, 이상하리만치 가라앉게 하는 것이 낯설기만 했다. 긴 수술 후 눈을 떠 세상을 처음 보게 된다면 파랑은 피하고 싶다는 엉뚱한 상상에까지 생각이 미쳤다. 소년의 한쪽 볼에는 주체할 수 없는 눈물이 흐르고 있었다. 어떤 이에게는 색이 위로가 되기도 하고 위협이 되기도 한다는데, 그 어느 쪽도 소년이 흘리는 눈물의 이유가 되지는 못했다. 때마침 소년은 낮에 공연하며 낭송한 프리드리히 횔덜린의 시 〈삶의 행로〉가 떠올라 낮게 읊조렸다.

"그대 또한 전보다 위대해지려고 했으나 / 사랑은 우리를 땅바

닥으로 끌어내리고 / 고뇌가 더욱 더 강하게 휘어잡았네. / 그러나 우리 인생의 활, 떠나왔던 곳으로 / 돌아감은 의미 없는 일은 아니네."

번역된 외국 시를 낭송할 때의 생경함은 소년으로 하여금 감정을 보다 객관적으로 바라보게 했다. 방금 전의 눈물이 무색해질 정도로 마음이 차분해짐을 느꼈다.

"인간은 모든 것을 시험해야 할 것이리니. 천국에 있는 자가 말하네. / 굳세게 길러져 인간은 마침내 모든 것에 감사를 배우고 / 자신이 가고자 하는 곳으로 떠나는 / 자유를 이해하게 될…."

소년은 주로 공연의 낭송 리스트를 국내 시로 구성했으나, 오늘 세상을 떠난 독일 시인의 기일을 기억하고 있었기에 공연 후반부에 시 한 편을 낭송하며 추모하려고 며칠 전부터 구상했다. 평소 좋아하는 시였지만 무대에서 공연한다는 건 다른 감성을 사용하는 일이었다. 비슷한 정서의 국내 시를 낭송할 때와는 달리 관념적인 시는 자칫 웅변조로 전달될 수 있어 적잖이 조심스러웠다. 오늘은 관객이 많지 않아 딱 그만큼만 기대하고 즐겼다. 나만의 방식으로 시인을 추모했다고 대견해하며 마지막 한 모금의 맥주를 손으로 흔들어 가늠하는 순간 앞에 누군가가 서있음을 알아차렸다.

"자네, 낮에 거리에서 시를 낭송한 청년이 맞는가?"

"네. 누, 누구신지…."

무대에서와는 달리 내성적이고 낯가림이 심한 소년은 훔친 술을 몰래 마시다 들킨 사람처럼 움찔했다.

"요즘도 시를 낭송하는 이가 있다니…. 신기하기도 하고 반갑기도 해서 자네의 무대를 한참 지켜봤네."

노인은 예상치 못한 장소에서 오래된 유물을 발견한 듯한 표정을 지어 보였다.

"아…. 네, 감사… 합니다."

소년은 선 것도 아니고 앉은 것도 아닌 엉거주춤한 자세로 고개를 까딱했다. 공연을 봐줘서 고마운 건지 알아보고 말을 걸어줘서 고마운 건지 알 수 없었다. 그래도 예의를 표하고 싶었기에 몸을 애써 움직이는데, 편안한 자세에서 급히 고치려니 모양이 우스꽝스럽다.

"처음엔 시가 궁금했는데, 점차 자네가 궁금해지더군."

소년이 어찌 답할지 몰라 주춤하는 사이 노인은 아까의 부드러운 표정을 거두고 정제된 어조로 낮게 말했다.

"자네는 왜 시 낭송인가?"

누군가 지나가다가 이 광경을 보았다면 오랜 시간 헤어져 지낸 손자를 만난 할아버지의 감격을 느꼈을지도 모르겠다. 그만큼 소년을 향한 노인의 눈빛과 목소리는 간절하면서도 무어라 형언할 수 없는 강렬한 애절함 같은 것이 묻어있었다.

***

노인은 한때 시대를 풍미했던 전설의 시 낭송가였다. 요즘이야 하루가 멀다 하고 전국 각지에서 지역을 대표하는 시인들과 문학 작품들을 내세워 전국 시 낭송 대회를 개최하고 있지만, 그 당시는 공식적인 대회가 전무한 때였다. 몇몇 문인들이 주축이 되어 작은 낭송회를 열거나 문학 행사에 초대받아 식전에 낭송 무대를 올리는 것이 고작이었다. 비공식적으로 마련된 자리는 많은 이들에게 기록이 아닌 기억으로 남아있다. 노인이 들려주는 무용담 같은 무대 이야기들을 듣다 보면 세상이 온통 시 낭송으로 가득했던 시대였다는 착각마저 들었다. 그의 목소리는 부드러우면서 힘이 있었고, 감성적이면서 이지적인 느낌을 주었으며, 듣는 이로 하여금 슬픔을 목구멍까지 올려놓았다가 단숨에 휘발시켜 정신을 못 차리게 하기도 했다.

한번은 이런 적이 있었다. 크리스마스를 막 지나 한 해를 마무리하는 시인들의 송년회 자리에 노인이 초대받았다. 그는 감기에 걸린 상태라 외부 활동을 자제하는 중이었는데, 시인 중 한 명이 간곡히 부탁하는 탓에 그만 거절할 타이밍을 놓치고 말아 어정쩡한 수락이 되었다. 노인은 행사 장소인 문학관에 도착하자마자 아차 하는 생각이 들었다. 낭송 배경음악을 저장해 둔 USB 메모리를 집에 두고 온 것이다. 감기약을 먹은 후라 다소 정신이 산만한 탓에 꼼꼼하게 챙기지 못한 모양이었다. 노인은 음악을 손수 고르는 쪽이어서 아무 음악이나 틀어놓고 낭송하는 것을 남의 신발을 신은 듯 불편해하곤 했다. 주최 측과 몇 차례 그런 갈등을 겪고 나니 직접 챙기는 것이 원활한 진행을 위해 낫겠다고 여겼다. 이번 낭송도 오랜 시간 고민한 끝에 고른 음악이라 나름 흡족해하고 내심 기대도 했었는데 일이 이렇게 된 것이다. 하지만 도마뱀이 방금 잘린 자신의 꼬리를 태연하게 바라보듯 노인은 미련을 접고 배경음악 없이 낭송을 하기로 마음먹었다.

행사의 시작과 함께 여러 단체의 대표쯤 되는 이의 주례사 덕담 같은 낡은 인사말과 자화자찬이 뒤섞인 아이러니한 격려사가 펼쳐졌고, 이어서 노인이 무대에 오를 순서가 되었다. 잠시 후 입을 뗀 노인은 어디서부터 불어오는지 알 수 없는 미풍처럼 활자를 음성에 담아 부드럽게 전달하다가 갑자기 휘몰아치는 비바람을 동반한 태풍처럼 시어들을 목소리에 묶어 청중에게 쏟아내기를 반복했다. 그 반복은 패턴을 가지지 않아서 예측할 수 없는 운동을 하는 공기 중 기체의 미세한 입자처럼 보였다. 이를 놓칠세라 청중의 눈과 귀는 무대로 집중되었다. 이윽고 노인이 낭송을 끝냈지만 청중은 한동안 반응하기를 잊은 듯 주저했다. 이 적막은 누구도 함부로 발 도장을 찍지 않은 첫눈 내린 수도원의 마당처럼 경건한 기운을 품고 있었다. 잠시 후 경의를 담은 청중의 박수와 놀란 표정들이 노인을 향해 던져졌다. 그 열렬함을 온 가슴으로 받아 안은 노인은 진행요원이 건넨 생수병을 받아 연거푸 들이켜더니 조심스레 입을 뗐다.

"무슨 연유였는지는 모르나, 낭송을 부탁받은 날 이후로 저는 시인들 앞에서 낭송을 한다는 것에 대한 깊은 회의가 들었습니다. 노래는 작곡가보다 가수가 더 그 맛을 잘 살리지만, 시 낭송은 낭송가가 그 시를 쓴 시인보다 더 잘할 수 없을지도 모른다는 생각이었습니다. 예전에도 그런 생각이 간혹 들었지만 이번에는 더욱 심각했던 것 같습니다. 시 낭송가는 왜 존재해야 하는가, 라는 물음이 끊임없이 저를 괴롭히며 쉬 사라지지 않더군요. 그런 고민이 해결되지 않은 상태에서 오늘 여러분 앞에 서게 되었습니다. 질문을 하나 드려도 될까요? 혹시 여러분은 제가 방금 전에 시를 낭송할 때 배경으로 흐르던 음악을 기억하시는지요?"

노인의 고백 같은 소감은 익히 그 유명세와 실력을 알고 있는 시인들에게 적잖은 충격이었으나, 너무 차분하고 진지해서 염려보다는 질문에 집중할 수밖에 없었다. 두더지잡기 게임기에서 두더지가 솟아오르듯 답변이 여기저기서 튀어나왔다. 어떤 이는 첼로 연주가 들어간 클래식이었다고 말했고, 어떤 이는 구슬픈 곡조의 아리아가 들어간 오페라곡이 줄곧 흘렀다고도 했다. 심지어 곡명까지 말하는 이도 있었다. 이내 노인은 보일 듯 말 듯한 미소를 머금더니 내려놓았던 마이크를 입으로 가져갔다.

"죄송합니다. 오늘 낭송은 제 착오로 배경음악을 틀지 못했습니다.”

좌중은 이내 술렁이었다. 그럴 리가 없다는 반응이었다. 어수선한 틈을 비집고 노인은 이내 말을 이어갔다.

“시 낭송의 존재 이유를 새삼 오늘 깨닫게 되었습니다. 오늘 여러분이 감상해 주신 바와 같이, 낭송을 할 때에는 결코 목소리만 청자에게 전달되는 게 아니라는 거죠. 보이는 것 너머의 그 무엇을 활자로 담아낸 시인의 언어를 소리로 담아낼 경우 낭송가는 소리 내기의 고민보다 더 큰 질문을 스스로에게 던져야 한다는 의미입니다. 낭송은 소리가 아닌 태도의 문제라는 것도 말이죠. 제게 큰 깨달음을 준 이 무대를 오랫동안 잊지 못할 것 같습니다. 감사합니다.”

노인은 며칠간 자신을 괴롭히던 감기 몸살 기운이 사라진 것을 알아차렸고, 집으로 돌아오는 발걸음이 한없이 가벼워짐을 몸소 느낄 수 있었다.

***

소년은 밤새 뒤척이다 한숨도 자지 못했다. 거리 공연이 있는 날이면 집에 돌아와 씻을 여력도 없이 쓰러져 잠든 그였기에 더욱 혼란스러웠다.

“왜 자네는 시 낭송인가?”

14

노인의 말 한마디가 귓가에서, 아니 가슴에서 떠나지 않았던 것이다. 2년 전, 소년이 다니던 대학을 그만둔 계기는 다소 단순했다. 여느 대학생들이 그러하듯이 졸업에 필요한 학점 관리에 충실했고, 영어 성적을 끌어올리기 위해 학원 공부도 병행하며 성실하게 대학 생활을 보내고 있었다. 모처럼 가진 고교 동창과의 술자리가 다음 날 리듬을 깼다. 기분도 전환하고 몸 상태도 추스를 겸 늦은 식사를 하고 가까운 영화관을 찾았다. 낮 시간이라 그런지 관객이 드문드문 앉아있었다. 거리에 벤치 하나 변변치 않은 도시에서 푹신한 좌석이 놓인 컴컴한 상영관은 잠시 쉬기에 나름 괜찮은 공간이었다. 충분한 사전 정보 없이 보는 영화는 주사위 던지기와 같다. 포스터 분위기에만 기대어 영화 티켓을 끊었다가는 과대 포장된 명절 선물을 풀었을 때와 비슷한 실망을 맛볼 수 있다. 초반의 이색적인 풍광은 영화가 제3세계의 예술 영화임을 감지하게 했다. 엄청난 스토리를 기대하기보다는 미장센이나 눈요기하자는 쪽으로 마음을 접었다. 주인공은 어딘가 무기력해 보였는데, 고군분투하는 모습이 자신과 닮은 듯하여 소년은 뒤늦게 몰입하기 시작했다. 주인공의 꿈이 현실에 부딪혀 좌절되어 무너지려는 순간 영화는 막바지로 달려가고 있었다. 항구 끝에서, 나이 든 사내는 주인공에게 참았던 재채기를 하듯이 다그쳤다.

"너는 네가 원하는 것을 도전하기에 왜 주저하는가?"

꿈과 현실 사이에서 갈팡질팡하는 주인공을 지켜보던 나이 든 사내가 답답한 마음을 기어이 쏟아낸 것이다. 이런 감동적인 대사들은 영어보다는 제3세계의 언어로 들을 때 더 강렬하게 다가온다. 때로는 낯설어서 더욱 설득이 되는 순간이 있다. 좌석에 눕다시피 비스듬히 앉아있던 소년은 그 대사를 듣자마자 몸을 고쳐 앉았다. 웅변같이 우렁찬 신파적인 대사가 소년에게는 현자의 속삭임으로 들렸나 보다.

　"도대체 내가 원하는 것이 무엇일까. 지금 내가 좋아하는 것을 하며 살아가고 있나."

　갑자기 드는 이 물음에 사로잡힌 소년은 엔딩 크레디트가 다 올라가고 극장 안의 불이 환하게 켜졌는데도 한참이나 자리에서 일어나지 못했다.

　그로부터 며칠 동안 날마다 불면과 대화를 나누며 밤낮이 완전히 바뀔 즈음, 소년은 고교 시절 국어 선생님의 권유로 소월 전국 고교 시 낭송 대회에 나갔던 기억이 떠올랐다. 주최 측이 정해준 소월의 시 중에서 단 한 편만 암송하면 되는 조건이라 그리 어려울 것 같지 않았다. 시를 외우는 데는 단 이틀이면 충분했다. 그러나 반복되는 시어를 소리로 내면서부터 외웠던 시어들이 이상하리만치 입 안에서 헝클어지기만 할 뿐 자리를 잡지 못하는 듯했다. 그러나 기계적으로라도 외워서 선생님에게 검사를 받아야 했고, 그때마다 모호했던 시어들이 길을 찾기 시작했다. 소년의 목소리는 너무나 딱딱하고 건조했기에 선생님은 특단의 조치로 클라이맥스에서 손을 가슴에 올렸다 내리라는 주문을 했다. 소년은 제스처를 로봇처럼 몸에 장착하기로 했다.

대회가 열리던 날 아침, 평소보다 무려 세 시간이나 일찍 눈을 떴다. 심장이 터져버릴까 봐 어쩔 줄 몰라 하는 소년에게 어머니가 청심환을 권했지만 입 안에 남는 한약 냄새가 거슬려 거절했다. 대회 순서는 이름의 가나다순이라서 다행히 매를 먼저 맞을 수 있었다. 앞 순서의 참가자가 낭송 중 시어를 잊어버려 한참을 머뭇하다가 포기하고 내려온 탓에 소년은 더욱 긴장이 됐다.

무대에 오르고 진행자가 스탠드 마이크의 높이를 고치는 동안 소년은 문득 넓은 평야가 떠올랐다. 수많은 양 떼들이 자유로이 풀을 뜯으며 노니는 상상이었는데, 이는 예상치 못한 것이었다. 그러자 오히려 차분해지면서 소년의 마음속에는 연습 때에도 가져본 적 없는 자신감이 차오르기 시작했다.

'나, 할 수 있을 것 같아!'

소년은 빠르지 않게 시의 제목을 말했다. 3초 정도가 흐른 후 김소월이라고 또렷하게 말한 뒤 시선을 관객석의 3분의 2 정도 되는 지점에 고정했다. 이상하게도 대회장의 공기는 소년의 입에서 나오는 한 행 한 행의 시어들을 편안하게 실어 청중에게 전해주었고, 낭송 중에 우연히 마주친 심사위원의 시선은 소년에게 따뜻한 격려처럼 느껴졌다. 마지막 연의 마지막 행 시어를 내뱉는 순간, 자신의 주위를 포근하게 휘감으며 감싸는 듯한 기운을 받은 소년의 얼굴에 이내 미소가 지어졌다.

무대 뒤편의 마지막 계단을 딛고 내려오자, 그때서야 멈춘 태엽시계가 살아난 듯 소년은 심하게 떨기 시작했다. 선생님의 가벼운 포옹이 없었다면 바닥에 주저앉았을지도 몰랐다. 그렇게 대회에서 두 번째로 큰 상을 받았다. 소년은 무대 위에서 자신이 경험한 독특한 느낌들을 한동안 잊을 수가 없었다. 그 기억이 불현듯 떠오른 것이다.

소년은 대학 생활을 하면서 학기 중에 틈틈이 시 낭송을 자신의 SNS와 몇몇 대중적인 문화예술공연 플랫폼에 선보였고, 짧은 기간에 구독자와 조회 수가 급등했다. 이에 용기를 얻은 소년은 제대로 해보겠다는 마음으로 다니던 학교마저 그만두고 시 낭송 거리 공연에 전념하게 된 것이다.

하얗게 밤을 지새우고 나서 커튼을 젖히자 베란다에 방치해 둔 구아바 나무 한 그루가 보였다. 소년은 머리맡에 놓여있던 휴대전화를 쥐고는 며칠 전 거리 공연 후 우연히 만난 노인의 번호를 찾았다. 한참을 검지로 밀어 올리다 보니 '벤치 어르신'이라고 저장된 번호가 보였다. 이내 노인임을 알아차리고, 문자메시지를 남기기 시작했다.

안녕하세요? 어르신…

이라고 적다가 괜스레 어색해서 소년은 지우고 잠시 머뭇한 뒤 다시 쓰기 시작했다.

안녕하세요? 선생님! 거리에서 시 낭송하는 사람입니다. 꼭 한번 뵙고 싶습니다!

문자를 보내고 다시 고개를 들어 밖을 보자, 아까는 보지 못한 구아바 나무의 우듬지에 팝콘처럼 몽우리를 터뜨린 구아바 꽃이 피어있었다. 꽃은 열매의 색과는 달리 어두운 가지와 대비되어 더욱 희었다.

***

사흘이 지나도 노인으로부터 답신이 없자 소년은 불안해하기 시작했다. 직접 전화로 연락하지 않고 문자메시지로 제안을 한 것이 마음에 걸렸다. 배려라고 생각한 나의 행동이 상대에겐 무례가 될 수도 있다는 마음이 들어 즉시 전화를 거는 것이 좋겠다고 생각했다. 휴대전화를 꺼내 탁자 위에 올려놓았다. 대상에 집중해야 하는 통화를 할 때면 늘 스피커폰 방식으로 하곤 했다. 어려운 상대일 경우에는 시선 처리가 중요하다. 전화기와 거리를 두면 마치 마주 보고 대화를 하는 것과 비슷해 긴장이 덜하다. 노인의 통화 연결음은 평범했다. 일곱 번쯤 울리자 음성메시지를 남기라는 기계음으로 넘어갔다. 전화 연결이 되지 않았는데 이상하게도 소년은 기분이 나쁘기는커녕 오히려 다행이라고 생각했다. 갑자기 노인의 목소리를 기계를 통해 듣는다면 말문이 막혀 아무 말도 못 할 것 같았다. 이번 통화 시도는 어쩌면 노인에게 보내는 모스부호 같은 것이었다. '선생님과 연락이 닿고 싶습니다!'라고 하는.

***

"엄마는 자신의 목소리에서 언어의 강력한 분출을 방해할 수는 모든 잔재주와 꾸밈을 몰아내고, 마치 자신의 목소리를 위해 쓰인 듯 보이는 문장들, 말하자면 엄마의 감수성이라는 음역 안에 들어있는 문장들에 알맞은 온갖 자연스러운 다정함이나 넘쳐흐르는 부드러움을 표현하려고 했다. 엄마는 그 문장들을 적절한 어조로 공략하기 위해, 문장 이전에 존재하면서 문장을 구술하게 한, 하지만 단어 자체에는 표시되지 않은 따뜻한 억양을 찾아냈…."

소년은 소리 내어 책을 읽어나가던 중 잠시 멈칫했다. 소리 내어 책을 읽는 것은 낭송을 하기로 시작한 시점부터 줄곧 일기를 쓰듯 매일 하는 습관이 되어버린 연습이었다. 조금 긴 호흡으로 읽어보고 싶다는 생각에 미뤄둔 프루스트의 《잃어버린 시간을 찾아서》를 막 시작한 참이었다. 주인공의 침대 머리맡에서 읽어주는 엄마의 낭독에 대해 주인공이 묘사하는 부분을 읽어나가다가 멈추어 허공을 쳐다보았다.

'낭독만 그러할까. 낭송도 그렇지 않을까.'

뭐라고 이유를 표현할 수는 없지만, 소년은 한편으로는 복잡해지면서 한편으로는 명료해지는 느낌이 나쁘지 않았다. 책으로 눈을 돌려 다시 읽어나가기 시작했다. 이번에는 아까보다 천천히 스타카토로, 백미 사이에 섞인 기장과 현미를 씹듯 음미하며 읽었다.

"그 억양 덕분에 엄마는 책을 읽으면서 동사 시제에서 느껴지는 온갖 생경함을 누그러뜨렸고, 반과거와 단순 과거에는 선한 마음이 깃든 부드러움과 다정함이 깃든 우수를 부여했다. 그리고 한 문장이 끝나면 다음 문장으로…."

소년은 서랍에서 형광펜을 꺼내 들고는 뒤이어 나오는 문장에 밑줄을 긋기 시작했다.

"때로는 빠르게 때로는 느리게 읽어가면서 길이가 다른 문장을 고른 리듬으로 만들었고, 그렇게도 평범한 산문에 일종의 감상적이고도 연속적인 생명을 불어넣었다."

소년은 이 문장을 끝으로 멈춘 후, '감상적이고도 연속적인 생명을 불어넣었다'를 세 번이나 낮게 읊조렸다. 눈으로만 읽었다면 놓쳤을지도 몰랐겠다는 생각이 들자 소년은 아찔했다. 책을 덮고 자리에 누우려다 문득 수신된 문자메시지가 궁금해져 휴대전화를 열어보았으나 노인에게서 온 메시지는 없었다.

＊

띵! 똥!

한바탕 여름 소낙비가 그치고 별빛이 쏟아지던 어느 날, 한 통의 메시지가 날아왔다. 노인이 보낸 문자였다. 보다 정확히 말하자면 사진이었다. 커다란 구릉 같은 산이 사진 중앙에 병풍처럼 버티고 있고, 알파벳 에스 자 모양으로 난 왕복 2차선 포장도로는 그 끝이 보이지 않았다. 왼쪽 도로 길어깨에 세워진 교통표지판은 등을 보이고 있어서 제한속도 표지판인지 야생동물주의 표지판인지 알 수 없었다. 발신인을 확인하지 않았다면 광고 이미지로 판단해 지우거나 무시했을 것이다. 곧이어 다음 메시지가 도착했다.

슬로베니아(Slovenia)로 이동 중이라네. 귀국하는 대로 만나세.

슬로베니아라니. 동구권 어느 나라의 도시 이름 같은 이곳은 어디일까 궁금해서 검색해 보려다 그만두었다. 소년은 누운 채,

나라 이름에 'love'가 들어있으니 낭만적이겠다는 짐작을 하다가, 슬로는 'slow'를 연상케 해 여유도 있는 곳이겠다는 공상을 했다. 소년은 언어적 유희를 즐겼다. 다들 코웃음 쳤지만, 말장난이 아닌 언어의 퍼즐 놀이라고 우겼다. 심지어 거리 공연의 시 라인업을 짜면서 시 제목 끝말잇기로 열 편을 이어 붙여 완성한 적도 있었다. 외형의 연결은 억지스러울까 봐, 두 편의 시를 연결 짓는 이유들을 공연 중 사이사이마다 관객들에게 그럴듯하게 설명하곤 했다. 이럴 때마다 말들은 저들끼리 서로의 에너지를 주고받는 힘이 있다고 확신했다. 이를 두고 언젠가 '언어의 만유인력'이라고 일기장에 적고는 뿌듯해했던 기억이 있다.

'그는 내게 무슨 이야기를 해주고 싶은 것일까. 나는 그에게 무슨 이야기를 듣고 싶은 것일까.'

깊어지는 초여름 밤, 소년의 머릿속에는 여러 가지 생각들이 저 하늘에 뿌려진 별들처럼 앞다투어 떠오르고 있었다. 만나자고 손을 내밀었지만 그 이유와 목적이 노인에 관한 것들인지 소년 자신에 관한 것들인지 생각하면 할수록 도무지 그 의문의 경계를 분간할 수 없었다.

* * *

노인은 긴장이 풀린 탓인지 아침 해가 방 안 전체를 점령했음에도 깊은 잠에 빠져있었다. 식후에 때 맞춰 복용해야 하는 약도 있는데, 숙소에서 제공하는 조식 뷔페를 놓치고 말았다. 당초 예정된 행사 일정보다 노인의 발표 시간이 길어지면서 그 피로감이 덜 풀린 탓이다. 노인이 발표한 발제 제목은 '대한민국에서의 시 낭송 교육과 평가에 대한 고찰'이었다. 앞서 다른 발제자들의 주제와 달리 많은 참석자들의 관심과 질의를 받은 것이 시간 지체와 그로 인한 피로의 가장 큰 원인이었다.

매 짝수 해마다 '세계 시 낭송 포럼'을 국가명 ABC순으로 개최하는데, 지난 1회 아르헨티나와 2회 벨기에에 이어 3회 개최국은 크로아티아로 정해져 열리고 있었다. 주로 학자들이 모여 각국의 시 낭송 문화를 소개하고 의견을 주고받는 이 포럼은 장르의 특성 때문인지 논쟁이 오가기보다는 서로를 존중하고 화기애애한 분위기로 진행되었다. 포럼이라기보다는 심포지엄에 가까운 행사였다. 노인과 관련된 공식 일정이 어제로 끝났고 폐막일까지 여유가 있어 이틀가량 혼자만의 여행을 하겠다고 함께 온 일행에게 메시지를 남기고 간밤에 잠이 들었다. 정오가 가까운 시각에 자리에서 일어난 노인은 가볍게 짐을 챙긴 후 숙소를 나왔다. 포럼이 열린 곳은 수도 자그레브였고, 숙소도 행사장과 가까운 곳에 위치했다. 큰길로 나가 택시를 탄 뒤 행사 첫날 입실할 때 로비에서 챙겨둔 지도를 운전기사에게 내밀며 버스터미널로 가자고 했다. 행선지를 반복해 말할 때 노인의 표정이 너무 진지한데 한편으로 익살스럽기도 해서 기사는 동양에서 온 노인을 빤히 보더니 너털웃음을 지었다. 비슷한 연배의 남자들끼리는 굳이 언어가 아니어도 마음을 주고받는 요령이 있는 듯했다. 잠깐의 이동이었지만, 내릴 때 악수로는 아쉬운 듯 전쟁터에서 피를 나눈 전우인 양 앉은 채 뜨거운 포옹까지 했다. 적지 않은 잔돈이 남았는데, 노인은 기사에게 한사코 거절하는 손사래를 치며 도망치듯 내렸다. 터미널에 도착하고 보니 행선지명으로 오스트리아, 헝가리, 세르비아 등 크로아티아에 인접한 나라명이 눈에 들어와 여기가 공항인가 어리둥절했다. 노인은 잠시 고민하다 슬로베니아행 티켓을 끊고 버스에 올랐다.

덜컹!

버스 창에 기대어 있던 노인은 고르지 못한 도로의 작은 충격에 놀라 눈을 떴다. 창밖으로 줄지은 나무들은 왼쪽에서 오른쪽을 향해 가로로 늘어진 채 빠르게 달리고 있었다. 유월의 유럽 하늘은 고향에서 늘 보았던 가을 하늘처럼 드높았고 깊은 바닷물빛이었다. 그 아래로 보이는 구릉 같은 낮은 산들에는 커다란 나무보다는 들꽃들이 흐드러지게 피어있었다. 도로는 굽이굽이 해안선을 따라 이어졌고, 가끔씩 이국적인 건축 양식의 주택들이 옹기종기 모여있는 촌락이 보였다. 낯익으면서 낯선 풍경을 감상하다가 휴대전화를 열고 사진 촬영 버튼을 눌렀다. 평생을 사진기로 사진을 찍고 전화기로 전화를 하는 것이 익숙한 노인은 세숫

대야에 국을 담아 식사를 하는 듯한 이 세상이 탐탁지 않았지만, 거스를 수 없는 일이라 여긴다. 국경을 넘는 경계선에서 버스가 멈춘 사이 소년에게 사진과 함께 몇 글자를 남겼다.

귀국하는 즉시 소년을 만나고 싶다는 생각은 노인이 슬로베니아에 도착해 어느 동굴을 보고 나와 길을 걸으면서 분명해졌다. 노인도 소년이 무엇을 궁금해할지 짐작이 갔지만, 그건 짐작일 뿐이고 결코 해답은 가지고 있지 않다는 걸 알고 있었다. 아침을 거른 탓에 걸음이 더뎌질 즈음, 앞에 보이는 작은 식당에 들어가 먹물 파스타를 먹었다. 기대하지 않은 것은 뜻밖의 만족을 준다. 그 기분을 계산하며 전하고 싶었으나 이 나라 말을 하나도 모르고 왔다는 것에 당황했다. 뭐라도 전하고 싶어서 노인은 고민 끝에 휘파람을 날리듯 한마디 던지고 식당을 나왔다.

"It's poetic taste(참으로 시적인 맛이군요)!"

노인이 슬로베니아에 도착한 지 반나절도 되지 않은 시점이었다. 옛 성이 보이는 섬으로 들어가는 배를 타기 위해 표를 끊고 차례를 기다리고 있는데, 문자메시지가 도착했다.

선생님! 죄송하지만 언론사 인터뷰가 급히 잡혔습니다.
오늘 저녁 7시까지 자그레브로 복귀해 주십시오.

노인은 자신만의 시간을 보내기 위해 거절할까도 했으나, 발표

때 참석자들이 보여준 다양한 반응이 강한 여운으로 남아있어 구체적인 질문을 받고 싶기도 했다. 그래서 섬으로 가는 일정을 포기하고 자그레브로 돌아가기로 마음먹었다.

인터뷰는 방송국이 아닌 시내 카페에서 진행되었다. 예정된 시간보다 더 일찍 기자와 카메라가 노인을 기다리고 있었다. 카페 중앙에 마련된 간이 무대 위에는 인터뷰어와 통역사로 보이는 두 사람이 빈 의자를 가운데 두고 마주 앉아있었다.

"드라고 미 예(Drago mi je)!"

노인은 두 사람을 향해 차례로 악수를 하며 인사했다. 적어도 인사말 정도는 그 나라 말로 하는 것이 예의라 여겨, 돌아오는 버스 안에서 입 안에서 여러 번 굴리며 연습해 온 탓에 자연스럽게 말할 수 있었다. 영어로 '나이스 투 미트 유'라고 말할 때보다 발음이 수월했고, 끝말이 '예'로 끝나서 자연스럽게 웃는 표정으로 연결되는 것이 마음에 들었다. 이미 인사말이 만나는 이에 대한 반가움과 주체할 수 없는 기쁨을 품고 있는 언어 같았다. 두 사람은 뜻밖의 선물을 받은 듯 환하게 웃으며 반겼고, 먼 아시아에서 온 원로 시 낭송가의 손을 잡으며 한참을 흔들었다. 자리에 앉은 후 인터뷰어는 한국말로 인사말을 준비하지 못해 미안하다는 말을 길게 통역을 통해 전하고는 질문을 이어갔다.

"갑작스러운 저희의 인터뷰 요청에 응해주셔서 감사합니다. 이번 세계 시 낭송 포럼은 유독 한국에서 온 한 명의 시 낭송가에게 주목하고 있습니다. 선생님께서는 발제를 통해 대한민국의 시 낭송 문화를 흥미롭게 소개하면서 보다 체계적인 교육과 함께 그 가치와 방향을 제시하셨는데요. 현재 한국의 시 낭송은 어떻게 향유되고 있는지 말씀 부탁드립니다."

"한국인들은 시를 짓고, 읊고, 주고받기를 즐기는 민족임에는 틀림이 없습니다. 심지어 겨루기도 즐기는데요. 작년 한 해 동안, 공식적으로 108개나 되는 전국 규모의 시 낭송 대회가 열렸다는 것이 이를 증명합니다. 알려지지 않은 작은 규모의 대회까지 합산하면 300여 개가 넘으니, 그야말로 일 년 내내 매일같이 한반도 어느 곳에선가 대회가 개최되고 있다는 거죠."

인터뷰어는 그 숫자와 빈도에 탄성을 지르며 300개가 아닌 30개가 아니냐고 통역에게 여러 차례 확인을 요구했다. 시가 무슨 스포츠도 아닌데 대회를 하는 것도 신기했지만, 무엇으로 평가를 하는지 궁금해진 인터뷰어는 간단한 메모를 위해 준비한 큐시트 여백에 질문들을 적으며 노인에게서 눈을 떼지 못했다.

"우리는 고향을 소중하게 여기고, 그것에 대한 결속이 대단합니다. 그러다 보니 각 지자체에서는 각자의 지역을 알리고 집중하게 하는 수단으로 자신들의 지역 출신 시인들을 기리며 시 낭송 대회를 엽니다. 어쩌면 다소 부정적인 부분도 없지 않으나 긍정적인 측면이 더 크다고 봅니다. 단순한 관광으로 유치할 때보다 지역 홍보의 효과가 큰데요, 한 달 전부터 참가자들은 출신 시인들의 시들을 미리 암송하며 그의 일생을 공부하게 됩니다. 그 과정은 낭송 대회 참가자들로 하여금 깊은 울림과 이해의 순간으로 박제되고, 한동안 그 지역과 그 시인들을 기억하게 합니다. 이는 사진과 기념품으로만 기억하는 여행이 아닌 감성과 스토리로 추억하는 여행으로의 역할을 수행하는 것이 되죠."

"시 낭송이 하나의 행위, 한 번의 공연으로 끝나는 것이 아니라, 특정 장소와 낭송하는 사람을 연결케 한다는 것이 놀랍군요. 더 나아가 그것을 지켜보는 많은 이들과의 연결까지 기대할 수 있으니, 시 낭송 대회는 집단적 소통 잔치라고 해도 지나치지 않을 것 같습니다."

"집단적 소통이라는 말이 와닿네요. 참 좋은 표현이에요. 혹시 인터뷰하시는 분이 시인이신가요? 하하."

노인은 크로아티아에서는 존재하지 않는 문화를 흥미롭게 들어주는 인터뷰어가 고마워서, 주제에서 살짝 벗어나는 이야기로 이어가고 싶은 장난기가 일었다.

"혹시 암송하는 시가 있나요?"

불쑥 물어온 노인을 향해 인터뷰어는 덩치에 어울리지 않게 두 팔을 흔드는 과장된 제스처를 하고는 꼬고 있던 다리를 바꿨다. 그사이 노인은 벌어진 옷깃 사이를 바투 댄 후 나지막이 낭송하기 시작했다.

"나 보기가 역겨워 / 가실 때에는 / 말없이 고이 보내 드리오리

다. // 영변(寧邊)에 약산(藥山) / 진달래꽃 / 아름 따다 가실 길에
뿌리오리다. // 가시는 걸음걸음 / 놓인 그 꽃을 / 사뿐히 즈려밟
고 가시옵소서. // 나 보기가 역겨워 / 가실 때에는 / 죽어도 아니
눈물 흘리오리다."

노인의 낭송은 지나치게 격정적이거나 슬프지 않았으나, 인터
뷰어는 어디서 구했는지 모를 티슈를 한 움큼 쥐고는 눈과 코에
번갈아 가져가느라 무대에서 대사를 잊어버린 배우처럼 한참을
말을 잇지 못하다가 심호흡 후 어렵게 말을 꺼냈다.

"당신 나라의 시인가요?"

"김소월의 〈진달래꽃〉이라는 시입니다."

"이게 무슨 일인지. 죄송합니다. 어떻게 이럴 수가….."

인터뷰어는 연신 혼잣말을 하며 어쩔 줄을 몰라 했다. 누군가
이 순간을 우연히 보게 되었다면, 인터뷰 도중에 지인의 부고를
전해 들은 줄로 알았을 것이다. 인터뷰 관계자가 무대에 올라와
인터뷰어와 무언가 말을 주고받더니 난감해하면서도 수긍한다는
식의 표정을 지었다. 그는 잠깐 쉬어 가자고 말한 뒤 통역과 노인
을 번갈아 바라보았다.

2장

×

시가 아름다움을 다스린다

詩.治.美.

"시… 치… 미?"

문 앞 팻말에 적힌 글자를 한 자씩 천천히 소리 내어 읽자 그 옆에 적힌 글자가 소년의 눈에 들어왔다. '수요 낭송 모임'

소년은 줄곧 시 낭송은 혼자서 고민하는 개인적인 예술이라 여겨왔다. 그런 그에게 낭송을 위해 여럿이 모여서 활동하는 집단이 있다는 사실은 신기하고 궁금할 만도 했다. 그래서 용기 내어 찾아온 참이었다. 어떤 이들이 모여 무슨 이야기를 나눌까. 요즘 들어 소년은 시 낭송과 관련한 검색어들을 쳐보는 일이 잦았다. 시 낭송 대회, 시 낭송 모임, 낭송이란, 시 낭송의 역사…. 인터넷에서 관련 글을 읽을수록 궁금증은 더욱 커져만 갔다. 무수히 많은 정보가 본질적인 궁금증을 해소해 주지는 못했다. 소년은 자신이 하는 일을 똑같이 하고 있는 이들을 직접 만나는 것이 좋겠다고 판단했다. 하반기 신입 멤버를 모집한다는 안내를 웹서핑을 하던 중 발견하고 곧장 연락했다.

혹시… 멤버 모집이 마감되었나요?

답은 바로 왔다.

아직요.

소년은 참관이 가능한지를 물었다. 리더는 가능하다며 찾아오는 길을 알려주었다. 금세 설렜다가 이내 분주한 마음이 들었다. 그리고 약속한 날이 되자 오히려 담담했다. 현관을 나서기 전 거울 앞에서 짧은 시를 낮게 암송하다가 다시 작은 긴장이 스멀스멀 올라왔다. 오랜만에 느껴보는 이 기분을 소년은 어릴 적 시 낭송 대회를 나가기 전의 느낌과 비슷하다고 생각했다.

육중한 유리문을 당겨 들어간 곳은 야학당 같은 분위기였고 다섯 명이 둥그렇게 앉아있었다.

"이번 대회는 주최 측의 스타일을 제대로 파악하지 못한 것이

패인인 것 같습니다."

리더로 보이는 마르고 키가 큰 남자는 소년이 등장하자 가벼운 눈인사를 하고 의자를 내어주며 계속 이어갔다.

"오늘 오전에 공지가 올라온 가을 시 낭송 대회는 제가 한 분 한 분 콘셉트와 톤을 잡아드릴게요. 다음 주까지 각자 출전할 시를 골라 오시기 바랍니다."

소년은 거리 공연을 긴 시간 해오면서 콘셉트니 톤이니 이런 고민을 해본 적이 없었다. 그저 시의 선정과 배경음악, 그날의 음향 상태에만 신경 쓸 뿐이었다. 이런 구체적인 방법론적 이야기가 신선하기도 하고 생경하기도 해 잠시 동안 자신의 지난 낭송들을 반추했지만 이내 리더의 소개로 흐트러졌다. 그사이 두 명의 멤버들이 뒤늦게 합류해 더 커진 동그라미로 총 여덟 명이 좁은 연습실을 채웠다.

"저는 2년째 거리에서 시를 낭송하고 있습니다."

시를 낭송할 때보다 시를 낭송하고 있다고 말하는 것이 더 긴장되었다. 누군가를 사랑할 때보다 많은 이들 앞에서 누군가를 사랑하고 있다고 말할 때가 더 떨리듯 말이다. 소년은 낭송의 어려움을 조심스레 열거하고는 스스로 지나치게 부정적으로 비칠까 염려되었는지 보람 있다는 말도 짧게 덧붙였다. 인사 후 일곱 명이 엇박자로 쳐주는 박수는 공연 때와는 달리 환대와 기대로 느껴졌다. 박수가 악수 같았다. 정기 회식은 다음 주에 있어서 오

늘은 모임 후 특별한 뒤풀이 없이 헤어졌다. 신입 환영도 그때 겸
하기로 했다. 소년은 집으로 가지 않고 서점에 가기로 마음을 고
쳐먹었다. 어떤 각오가 생기면 서점에 가서 해당 분야의 책들을
뒤적이는 것이 마음을 단단하게 다지는 데 도움이 되었다. '시 낭
송의 모든 것', '시 낭송가가 되는 법', '당신도 시 낭송을 잘할 수
있다', '힐링의 시 낭송' 등 다양했다. 기대를 가지고 펼쳐본 책들
대부분이 교과서처럼 딱딱한 구성과 문체라 두 장 이상은 연속해
읽히지 않아 자꾸 책 가격으로만 눈이 갔다. '낭송은 흥미로운데,
그걸 다룬 책들은 왜 천편일률적으로 진부할까' 하고 생각하는 순
간 문자 알림 진동이 울렸다.

　　오랜만일세. 한국에 도착했네. 자네 시간 어떤가?

　노인으로부터 온 문자였다. 소년은 한참을 멍하니 서있었다.

＊＊＊

　노인과 소년이 만나기로 한 날은 초여름의 소낙비가 세차게 퍼
부은 다음 날이었다. 날씨 탓에 실외에서의 만남이 어려울까 봐
소년은 걱정이 되었다. 노인이 제안한 약속 장소가 공원 벤치여
서다. 날씨가 요동치는 것 같지만 그것을 마주하는 마음이 변덕

을 부리는 것이었다. 비가 무슨 대수라고. 약속은 예언과 닮아서, 이를 대하는 태도에는 두 부류가 존재한다. 가벼이 여기거나 숭고하게 여기거나. 약속을 처음 할 때의 마음가짐을 이행될 때까지 유지하는 건 얼마나 커다란 수련이자 시련인가. 소년은 늘 약속을 할 때마다 신중했다. 자신의 일정에서 우선순위로 둘 수 없는 약속은 하는 순간 서로에게 독소 조항으로 가득 채워진 계약서를 주고받는 것이기 때문이다. 약속이야말로 한 인간의 언행일치와 상대를 대하는 태도를 보여주는 바로미터라는 것이 소년의 지론이었다. 약속을 쉽게 다루는 이들을 겪게 되면 상대의 존재 자체보다 상대와의 관계를 더 살피게 되어 그 불편한 마음이 오래 지속되다가 상처가 되곤 했다. 소년은 노인을 만나러 가는 길에 여러 생각이 들었지만, 발걸음은 여름 바람처럼 살랑거리듯 가벼웠다. 매주 가는 익숙한 공원 길이지만 오늘은 유독 달리 보이는 사물들이 많았다. '보인다'는 것보다 눈에 들어와 박히듯 '선명하다'라는 표현이 더 정확했다. 길옆 나뭇잎의 모양이 심장 모양인 걸 처음 알았고, 나무 사이 간격이 일곱 걸음의 일정한 폭임도 이제야 알았다. 몇 번의 동일한 패턴을 반복하고 나니 목적지에 도착했다. 그곳엔 이미 노인이 앉아있었다.

이렇듯 노인과 소년이 다시 만난 건 한 달 하고 보름이 지난 때였다. 소년이 벤치에 앉아있는 노인을 보았을 때, 새가 날아와 길 위에 사뿐히 착륙했다. 오후 네 시임에도 칠월의 태양은 여전히 식지 않았다. 새의 걸음은 달궈진 아스팔트 위에서 가벼웠다. 노인은 챙이 큰 모자를 쓰고 있었다. 그래서 소년이 반갑게 인사를 건넬 때 그는 노인의 첫 번째 표정을 놓치고 말았다. 다른 곳으로 이동하리라 예상하고 소년이 주저하는 동안 노인은 어깨에 메고 있던 가방에서 생수병을 꺼냈다. 소년은 자연스럽게 노인 옆에 앉았다. 그리고 노인의 옆모습을 처음 바라보았다. 뚜렷한 콧날과 턱선을 보니 나이를 더욱 가늠할 수 없었다. 누구나가 정면보다 측면이 젊어 보일까, 라는 생각에 빠지려는 순간 노인이 고개를 돌렸다. 노인은 그간의 일정과 안부를 짧게 들려주고는, 나이가 드니 시차 적응이 어렵다는 말도 덧붙였다. 소년은 당분간 공연을 쉬고 있으며, 스스로 정체된 것 같다고 답답함을 토로했다.

"선생님! 저는 제가 좋아하는 일을 하고 있어요. 그런데 왜 혼란스럽고 막막할까요? 무엇을 좋아하는지 몰라 고민하던 때와 다른 힘겨움이 들어요. 제 길이 맞는 건지도 이제는 잘 모르겠습니다."

인사할 때와 사뭇 다른 표정이 되어, 소년은 남몰래 만지작거렸던 주머니 속 구슬을 꺼내듯 노인에게 고민을 건넸다. 노인은 조용히 듣고만 있었다. 그사이 또 다른 새가 노인의 발 앞에 날아와 앉았다. 아까 노닐다 날아갔던 그 새인지도 몰랐다. 다시 새가 떠나자 노인은 소년을 바라보았다.

"오늘은 돌아가고, 다음 주 수요일에 보세."

어떤 조언이라도 기대했던 소년은 어리둥절했으나, 노인의 제안에 금세 그날의 선약을 머릿속에서 체크했다. 다른 일정이 있으나 없으나 수용할 테지만 말이다. 시간과 장소는 추후 연락하겠다는 노인의 첨언은 결코 언제 밥 한번 먹자는 헛약속처럼 들리지 않았다. 더 묻고 싶은 것이 많았으나 장거리 여행에서 어제 돌아온 노인을 오래 붙잡아 두려는 건 결례라고 생각했다.

***

말은 엎질러진 컵 속의 물이 아니다. 차라리 물이라면 마른 수건으로 깨끗하게 훔치면 될 일이다. 오히려 말은 손에서 놓친 새와 같다. 떠나간 새는 어찌할 수 없다. 돌아오는 길에 소년의 눈앞에는 유독 새들이 많이 보였으나, 새는 그저 새일 뿐 더 이상 통제의 대상이 아니었다. 소년은 노인에게 건넨 말이 신경 쓰여 머릿속이 복잡해졌다. 한 걸음씩 발을 내딛을 때마다 어떤 박자가 포착되면서 소년의 말은 시의 말로 옮겨 가기 시작했다. 생각을 벼랑 끝으로 몰고 가니 마음은 자유로운 창공으로 이어지는 듯했다. 육체라면 막다른 곳이었을 것이다. 다음 주 수요일 낭송 모임에 가져갈 시가 느닷없이 떠올라서 내심 편안해졌다. A의 고민 끝에 B의 고민이 해결되는 건 소년에게 처음 경험한 일은 아니었기에 그다지 놀라지 않았다. 어쩌면 고민들은 서로 보이지 않게 연대하고 있을지도 모른다. 질문 유형은 다르나 풀이 과정이 유사한 시험 문제 같다.

소년은 집에 도착하자마자 길에서 떠올린 시를 검색했다. 다섯 편의 동일한 시를 찾아 비교하는 건 소년의 오랜 습관이었다. 교차 점검은 그나마 오류를 솎아내는 데 효과적이었다. 모두가 다를 때에는 서점에 가서 직접 확인하고 수첩에 적어 왔다. 다행히 이 시는 한 곳에서 맞춤법이 틀리게 표기된 것을 제외하고 네 곳이 일치했다. 시간은 저녁을 지나고 있으나 방 안의 등을 켜지 않아도 여전히 글쓰기가 가능했다. 프린터로 출력하지 않고 소년은 시를 옮겨 적었다. 이 과정은 더디지만 1차 초벌 과정으로 무엇보다 중요했다. 소년은 언젠가 친구에게 이 과정을 설명하면서 소리 내기 전에 몸에 담고 새기는 작업이라고 표현했다. 한 자 한 자 붓글씨를 쓰듯 정성을 들여 쓰는 모습은 과거를 보는 선비와 다를 바 없었다. 행마다 시인의 마음과 시선을 가지고 공감하는 것도 놓치지 않으려는 듯 쓰는 속도를 최대한 느리게, 느리게 써 내려갔다. 그사이 소년은 이미 손에서 떠나간 새를 까마득하게 잊어버렸다. 소년의 손아귀에는 새가 아닌 펜이 꽉 쥐어져 있었다.

***

노인이 집에 도착하고 보니, 예닐곱 개의 우편물이 책상에 가지런히 놓여있었다. 의자에 앉아 그중 눈에 띄게 화려하고 커다란 카드 봉투 하나를 집어 들었다.

귀하를 시 낭송 초청 강연의
대표 강연자로 정중하게
모시고자 합니다.

노인은 아래에 적힌 세부 일정과 조건들을 읽지도 않고 접어버렸다. 정중하게 의사를 전하려면 활자보다는 음성으로 해야 예의라고 생각해서가 아니라, 귀국 후 당분간은 외부 일정을 잡고 싶은 마음이 일절 생기지 않아서였다. 나머지도 행사의 자리를 빛내달라는 청탁의 우편물일 것이라 짐작하고, 몸을 틀어 벽에 걸린 그림을 쳐다보았다. 언젠가 동묘역 근처 벼룩시장에서 티셔츠 한 장 값도 안 되는 금액을 지불하고 구입한 모작이었다. 어릴 적에 열이 나면 어머니가 손수 캐서 달여 주신 땅꽈리가 그려진 것이 반가워 냉큼 집어 든 그림이었다. 지금 보니 배경의 등롱초보다 비스듬히 정면을 응시하는 사내의 표정이 눈에 들어왔다. 젊음의 기운을 주체하지 못해 세상을 향해 강렬한 몸부림을 치는 사내가 더 분명하게 보였다. 오스트리아에서 요절한 지 백 년이나 지난 낯선 화가의 자화상에서 한 달 남짓 만난 소년의 얼굴이 떠올라서 놀라웠다.

올여름은 유난히 비가 많이 내렸다. 몸은 찌뿌둥하지만 비가 오는 날에는 여유가 있었다. 밀린 신문들을 꼼꼼히 읽어본다든가 방 두 면을 차지하는 책장에서 아무 책이나 골라 읽고 사색하는 일도 비 오는 날에 주로 하는 일이었다.

*　*　*

소년은 여느 때와 달리 일찍 눈을 떴다. 제대로 인상을 던져줄 수 있는 수요 낭송 모임 두 번째 날이기에 참석 전 미션을 꼼꼼히 점검할 요량이었다. 모임을 마치고 나면 노인과의 만남이 기다리고 있다. 설레는 마음이 제각각으로 다른 것이 신기했다. 설렘은 떨리는 것과는 결이 다르다. 두려운 대상 앞에서의 떨림, 아름다운 이성 앞에서의 떨림, 추운 날씨에서의 떨림…. 이처럼 떨림은 쉽게 구분된다. 설렘은 이런 도식 같은 것으로 구분이 되지 않았다. 설렌다는 것은 개별의 상황에 유일하게 하나씩만 생성되는 건 아닐까. 떨리는 것은 대상이 나를 흔드는 것이고, 설레는 것은 내가 스스로 흩날리는 것이다. 그래서 떨림은 익숙함에 단련되고 말지만, 설렘은 거부하지 않는다면 영원한 처음이다. 마음이 떨림에서 설렘으로 옮겨 가고 있다고 생각하자 피식 웃음이 나왔다. 그러다 머리를 말리고 있던 헤어드라이기의 온도가 올라가면서 정신이 번쩍 들었다. 호밀 비스킷을 계란에 적셔 프라이팬에 구운 것 두 개와 네 등분한 토마토 한 개를 가볍게 먹고 집을 나섰다.

두 개의 약속 사이에는 충분한 시간의 간격이 있다. S여대 근처에 위치한 낭송 모임 장소는 노인이 만나자고 정한 경복궁 근처와는 다소 거리가 있지만 무리는 없었다. 낭송 모임이 있는 연습실에 가장 먼저 도착한 이는 소년이었다. 멤버 간에 약속한 비밀 장소에서 열쇠를 꺼내 열고 들어간 실내는 한적한 시골 성당의 경내처럼 무겁고 차분했다. 연습 시간에 임박해서야 리더와 두 명의 멤버가 도착했다. 지난주에 모였던 인원의 절반만 참석한 것이다. 리더는 휴대전화를 한참 만지작거리더니 오늘 뒤풀이는 어렵겠다고 한숨에 얹어 말했다. 김이 샜는지 리더는 자신도 급한 일이 생겼다며 짧게 하자고 재촉했다. 지난 만남의 열의는 불과 일주일 사이 상온에 방치해 둔 나물처럼 상해있었다. 처음 마음은 처음에만 존재하는 것일까. 여럿이 무언가를 지속한다는 것은 혼자서 하는 것만큼 불가능하단 말인가. 여러 생각이 들자 소년은 일주일 동안 마음에서 쉼 없이 굴리던 시가 애지중지 키우다 허무하게 죽은 병아리처럼 속수무책으로 느껴졌다. 리더는 한 명씩 준비한 시를 낭송하라고 손짓을 했다. 소년을 제외한 대다수 멤버가 시를 충분히 숙지하지 못해 흘깃흘깃 보며 읽었다. 소년도 분위기를 거스르기 싫어 준비한 톤보다 낮고 건조하게 낭송하고는 자리에 앉았다. 모임 구성원들의 모습은 그야말로 장례 미사에 참석한 이들과 흡사해 리더는 서둘러 수습하기 바빴다.

"각자 고른 시들이 다들 신선해서 좋았어요. 아무래도 이미지는 외우면서 그려보시고요, 연이 심상의 단위니까 연이 바뀔 때마다 같은 이미지가 이어지지 않도록 하시고….″

리더는 수학 공식을 말하듯 낭송의 규칙이 있는 양 설명을 이어갔다. 그때 노인으로부터 전화가 왔다. 진동으로 전환해 둔 터라 리더의 말이 끊어지지 않았다. 소년은 자동 메시지 응답만 남길 뿐 받지 않았다. 급한 일이 아니길 바라면서.

지금은 전화를 받을 수 없습니다.

리더는 다음 주까지 시를 외워 올 것과 중심 정서를 잡아 오라는 과제를 거듭 당부하며 모임을 정리했다. 1층까지 계단을 내려오는 내내 소년은 노인에게 연락을 했으나 신호만 갈 뿐 닿지 않았다. 소년은 아랫입술을 가볍게 물고는 휴대전화로 시간을 확인했다. 아직은 약속까지 두어 시간의 여유가 있었다.

약도를 첨부하니 이곳에서 보세.

약속 시간 한 시간 전, 경복궁으로 가기 위해 버스를 기다리는 동안 노인으로부터 메시지가 왔다. 소년은 여러 궁금증이 일어났지만, 짧게 답하고 바뀐 장소로 가는 대중교통을 이용하기 위해 지하철역으로 발길을 재촉했다. 한 번의 환승을 하고 도착해서 도보로 10분을 걷자 약도에 표시된 집이 보였다.

"어서 오게. 오후에 집을 나서다 이리 되어 꼼짝도 못 하게 되었네."

노인의 한쪽 발목에 압박붕대가 감겨있었다. 뜻하지 않게 노인의 집에 나란히 앉게 된 소년은 묘한 기시감이 들었다. 어디서 본 장면 같은데, 아무리 떠올려도 떠오르지 않았다. 소년에게 시를 낭송한다는 것이 그랬다. 낭송이 기시감 같은 느낌을 표현하는 것이라고 짐작한 적이 있다. 데자뷔! 우리는 눈을 통해 엄청난 정보를 받아들인다. 뇌는 이를 효율적으로 저장하기 위해 간략하게 기억하는데, 비슷한 상황을 보게 되면 뇌가 비슷하게 판단한다. '이미 본'이라는 뜻을 가진 데자뷔는 기억의 문제라기보다 시각의 문제다. 보는 것들의 총합이 보는 것을 돕기도 하지만 방해도 하는 것이 아닐까. 시를 드러내기 위해 하는 낭송이 시를 오히려 감추는 행위가 되는 것 같아 혼란스러웠던 적이 한두 번이 아니다. 소년은 노인을 보자마자 한꺼번에 많은 질문이 뒤섞여 말이 쉽게 떨어지지 않았다.

"자네는 왜 시 낭송을 하는가?"

낭송을 어떻게 하는지만 고민해 온 소년은 어리둥절했다. 좀 더 나은 방법을 얻으려 낭송 모임에도 참석한 소년이었다. 주저하는 사이 노인은 몸을 살짝 뒤로 젖히며 덧붙였다.

"그렇다면 자네는 시 낭송으로 무엇을 하고 싶은가?"

소년은 턱을 두어 차례 쓰다듬다가 두 손을 모아 쥐었다. 낭송 자체에 집중하는 것만도 버거웠기에 그것 너머의 생각은 해본 적이 없던 터라 소년은 노인의 인중만 바라보았다.

"자네는 이곳에 온 적이 있나?"

소년은 고개를 가로저었다.

"왜 오지 못했나? 약도 한 장이면 이렇게 쉽게 올 수 있는데. 그건 자네가 이곳에 올 이유가 없었던 때문이지 방법을 몰라서 오지 못한 건 아니지 않나. 필경 시 낭송도 그렇다네. 방법을 구하기 전에 먼저 스스로 이유를 가져야 하네."

소년은 노인의 말을 듣는 순간 한적한 아침의 오솔길을 걷는 듯 가슴이 트이고 상쾌해져 이 공기를 온몸으로 받고 싶어졌다.

"다음으로, 시 낭송을 가지고 무엇을 하고 싶으냐고 물었네. 바로 답하지 않아도 괜찮아. 하나 이 생각은 멈추지 않아야 하네. 시를 쓰는 시인의 가치와 그것을 낭송하는 낭송가의 가치는 사뭇 다르다네."

노인은 탁자 왼편으로 난 창밖으로 고개를 돌려 덜 찬 보름달을 바라보았다. 잠시 침묵이 흐른 뒤에 노인은 다짐한 듯 굳게 다문 입을 열었다.

"일이 이렇게 되었으니 다음 주부터는 여기로 오게. 자네에게 해줄 말들이 있을 것 같아. 기대는 말게. 나는 자네에게 기술 따위는 말하지 않을 것이네. 물론 그런 것은 세상에 없다고 생각하지만."

소년은 이전에 느낀 적 없는 노인의 엄격한 투의 말이 언제인가 한 소녀로부터 들은 고백처럼 감미롭게 들렸다. 이건 기시감이 아닌 현시감이었다.

***

소년이 소녀를 처음 만난 건 거리 공연을 시작한 지 불과 2주가 지난 어느 겨울이었다. 새벽부터 진눈깨비가 내리더니 날이 밝자 점점 눈발이 거세져 하루 종일 눈이 내렸던 날이었다. 컬래버레이션으로 공연하기로 한 통기타 인디 가수의 불참 의사를 이불 속에서 확인한 소년은 옅은 한숨을 쉬며 휴대전화를 닫았다. 챙겨야 할 장비는 줄어들지만 준비해야 할 멘트와 시는 늘어났다. 공연할 장소도 노천에서 지붕이 드리워진 공간으로 이동해야 한다. 버스킹 공연은 변수가 많았다. 공연을 하다가도 소나기가 내리면 멈추어야 했고, 낮술에 취한 관객이 난입하면 어찌할 바를 몰랐다. 노래를 부르는 것과 달리 감정이나 감성을 목소리에 섬세하게 담아야 하기에 배경음악의 선택이나 음질도 중요한 요소가 되었다.

　낭송만으로는 단조로울 수 있어서 가수나 악기 연주자들과 함께 공연을 하는 경우가 있다. 한번은 마술사와 협연을 하다가 관객들이 마술에 너무 열광해 낭송 부분을 생략하고 마술 공연으로 마무리한 적도 있었다. 크리스마스가 얼마 남지 않은 때라 세상의 모든 커플들이 거리에 범람해, 어쩌면 인간은 본디 둘이 한 개체가 아니었을까, 하는 착각이 들 정도였다. 차라리 사랑이나 연인들을 위한 세레나데 같은 시들로 구성을 할걸. 그러지 못한 게 소년으로서는 아차 싶었다.

　그날의 주제는 '눈'이었다. 생산자의 욕망과 향유자의 그것은 매번 빗나간다. 정작 공연이 시작되자 눈이 그쳤다. 이미 내려 바닥에 자리 잡은 눈은 밟을 때마다 오래된 애인처럼 질척대고 성가셨다. 대여섯 명의 관객만이 소년의 공연에 집중하며 자리를 지켰다. 그사이 잠시 서서 구경하다 자리를 뜨는 관객들을 보는 건 익숙한 풍경이었다. 소년은 한 편의 시가 끝날 때마다 하나의 시에서 다른 시로 넘어가는 연결 관계를 자신의 이야기로 들려주었다. 어릴 적 친구들과 눈싸움하던 고향을 묘사하며 아련한 추억을 끌어내다가 자연스럽게 시로 넘어가는 걸 듣고 있자면 쉬 몰입이 되어 어디까지가 이야기이고 어디서부터가 시인 줄 몰랐다. 그렇게 한 편 한 편 이어지는 시들은 마치 바느질 자국이 보이지 않는 한 벌의 옷을 보는 듯했다. 공연 초반에 눈이 내리지 않았다면 보다 많은 관객이 자리했을 것이다. 그렇게 45분 정도의 공연이 끝났다. 앰프에 연결된 마이크의 줄을 앉아서 정리하고 있는데 한 소녀의 운동화가 눈에 들어왔다. 고개를 들어 보니 공연 내내 맨 앞자리에 서서 소년을 지켜보던 또래의 소녀였다.

"오늘도 공연 좋았어요."

그렇다면 예전에도 소년의 공연을 보았다는 건데, 소년은 처음 본 얼굴 같았다.

"아! 고마워요, 눈이 참 많이 왔는데 끝까지 들어줘서…."

소년은 긴장을 하면 자신도 모르게 문장을 도치해서 말한다는 걸 그제야 알았다.

"눈에 대한 시가 이렇게 많은 줄 몰랐어요."

소녀가 공연에 대해 말하는데, 소년은 공연에 대한 생각으로부터 멀어지고 있었다. 되새기면 아쉬움만 남아서다.

"좋아하나 봐요. 시나 뭐… 공연 같은 걸요. 혹시 괜찮으세요? 조금만 기다려 주실래요? 추우니까, 저기 건너편 카페에 가 계시면 정리하는 대로 제가…."

소년은 아침부터 으스스 오한이 들어서 마치는 대로 집에 가서 몸을 누일 작정이었는데, 소녀의 말 한마디에 데이트 신청까지 흘러가 버렸다. 소녀는 수줍은 목례를 한 뒤 걸음을 옮겼고 소년의 시야에서 운동화는 사라졌다.

'이 동네에 이렇게 카페가 많았나?'

소년의 이마에는 한겨울임에도 땀방울이 굵게 맺혀있었다.

'내가 아까 편의점이라고 말했었나?'

공연을 하던 자리에서 직접적으로 시야가 닿는 모든 카페의 문은 모두 굳게 닫힌 후였다. 순간 소녀의 얼굴이 잘 생각나지 않는다는 것에 소년은 난감했다. 집으로 가는 동안 소녀의 운동화만 또렷하게 남아 소년의 발걸음을 따라왔다.

'다시 또 눈이 내리네….'

***

흰 모자를 쓴 남자가 호주머니에 손을 넣은 채 절뚝거리며 역 광장을 가로질러 걷고 있다. 직진 신호를 기다리는 버스의 왼쪽 창가에 소년이 앉아있다. 소년은 보고 있는 것이 아니라 보이는 것들에 놓여있다고 하는 편에 가까웠다. 아무렇게나 포착된 피사체는 의도하지 않은 사유의 대상이 되기도 한다. 길지 않은 시간이지만 흰 모자는 꽤 긴 거리를 지나갔다. 한 점과 다른 점 사이에서 직선이 최단거리지만, 모두에게 해당되는 건 아니다.

흰 모자 주변으로 사람들이 분주하게 지나가고 있었다. 한참을 지켜보니 사람들이 하나같이 어깨는 위아래로 엉덩이는 좌우로 흔들며 앞으로 걸어가고 있다는 걸 소년은 발견했다. 나아가는 것은 다양한 움직임의 총합이 아닐까. 다리만 부지런히 앞으로 내딛는다고 걷기가 완성되는 것은 아니었다. 우리를 이곳에서 저곳으로 걷게 하는 것은 다리만의 일이 아니었구나, 라고 소년은 흰 모자를 보며 생각했다. 비스듬히 누운 듯 앉은 소년의 한쪽 어깨를 에어컨 바람이 거듭 어루만지자 나른해졌다.

'그 여자애는 다음 공연에도 올까?'

일방적인 약속의 말이 소녀에게 부담이 될 수도 있겠다는 데 생각에 미치자 막연한 기대는 접기로 했다. 방 안의 재활용 쓰레기를 집 앞에 내놓을 때보다 생각의 한 부분을 망각으로 옮겨놓을 때가 더 홀가분해진다. 그러나 쓰레기도 분리수거가 불가능한 물건들이 있듯이 생각에서도 처리 불가의 것들이 존재했다. 스스로 자기 분해를 하지 않으면 소멸되지 않거나 플라스틱 입자처럼 내 안에 들러붙어 나를 괴롭히는 생각들이 있다. 그럴 때마다 소년은 좋아하는 시를 공책에 옮겨 쓰기를 반복했다. 육성만큼 육필에 진심이었다. 목소리를 내기 전에 목청을 가다듬듯이 소년은 필사를 하기 전에 연필을 깎았다. 나무 재질의 연필을 커터칼로 천천히 깎는 것을 조율이라고 여겼다. 자기소개 취미란에 '손으로 연필 깎기'라고 적을 정도로 특별했다. 칼등을 엄지손가락으로 살며시 밀며 연필의 나무 질감을 고스란히 감당하는 그 느낌이 너무 좋았다. 너무 세게 힘을 줘서도 안 되고 그렇다고 약해서도 안 된다. 연필은 심을 중심으로 둥그런 형태로 생겨 먹어서, 완성된 모양이 흉하지 않으려면 깎인 부분과 깎일 부분의 균형을 내내 염두에 두어야 했다. 연필심이 제 모습을 드러낼 즈음이면 나무에 닿을 때와 흑연에 닿을 때의 차이만큼 힘과 느낌이 변하는데, 이것은 희열이었다. 연필의 기능은 온전히 흑연이 담당하기에 나무는 그저 곁가지에 불과하지만 연필 깎기의 모든 힘을 나무 제거에 모조리 쓴 뒤라 흑연과의 만남은 위로에 가깝다. 마지막으로 연필심을 바닥에 비스듬히 세우고 돌려가며 창끝을 만들듯 뾰족하게 칼로 갈 때에는 세상 무엇이라도 써 내려갈 것 같은 무기를 소유한 기분이 들었다.

***

노인은 요즘 들어 부쩍 3년 전 세상을 떠난 친구가 그립다. 누구보다도 자신의 낭송을 좋아해 준, 유일한 조언자였던 친구다. 거문고를 연주한 백아가 노인이라면 그 소리를 적확하게 알아들은 종자기는 친구였다. 낭송을 제대로 들어주는 이가 지구상에 없다는 것만으로도 노인에게는 시를 노래할 이유가 사라져 버렸다. 그렇게 시를 멀리하는 것으로 친구를 애도하던 노인은 첫 기일에 서울 외곽에 위치한 납골당에 갔다. 노인이 손에 쥔 것은 한 송이의 흰 꽃과 한 편의 시가 적힌 종이였다. 친구가 있는 곳은 입구로 들어가 두 번째 안쪽 벽면의 아래 위치였다. 분양가가 비교적 저렴한 곳에 모셔진 탓에 몸을 낮추지 않으면 시선을 맞추기 힘들었다. 노인은 입구에 세워진 의자를 가져다 앉고는 손을 모으고 고개를 숙였다. 한참의 침묵 속에서 노인의 목울대가 움직였다. 무언가 속으로 말하고 있는 듯했다. 기다랗게 구부러진 노인은 고슴도치가 몸을 말듯 등을 더욱 웅크린 후 오른손을 들어 구부린 상태에서 성호를 그었다. 친구는 종교가 없었으나 노인은 가톨릭 예식으로 예를 갖추었다. 그러고 나서 손을 아래로 뻗어 유리벽에 대고는 고개를 숙이고 미안하다고 말했다. 용서를 청하는 것으로 들리지는 않았다. 마음이 통한다는 것은 기존의 의사소통을 초월하는 서로 간의 언어 체계를 다시 구축한다는 것과 다르지 않다. 정확하게 뜻과 의미를 일대일로 연결하는 것은 가까운 사이에서는 치욕적인 행위가 된다. 그것이 품격으로 승화되면 우리는 전혀 다른 부류의 형태를 띠어도 이해 가능하다. 이내 하나가 됨을 실감하고 안도한다. 시는 노인과 친구 사이에서 그런 제2의 언어였다. 오늘 친구 앞에서 읽어줄 시는 노인이 지난 일주일간 친구를 생각하며 쓴 자작시다. 노인은 시라는 장르의 글을 처음 써보았다. 펜을 들 때에는 편지를 생각했는데 쓰다 보니 시가 되었다. 담담하게 추모하듯 적어가다가 구체적인 추억들을 적는 부분에서 자주 멈추었다. 노인의 손가락에서 맥없이 힘이 빠진 탓이다. 친구를 만나면 소리 내어 읽어줘야지, 했던 각오는 행하지 못했다. 관리자에게 부탁해 유리함을 열어 시를 적은 종이와 꽃을 넣었다. 집으로 돌아온 노인은 책장에 있는 모든 시집을 책상에 올려놓고는 친구가 생전에 좋아했던 시들을 골라 크게 접었다. 막 구워낸 부푼 빵처럼 뚱뚱해진 시집들이 한편에 쌓여갔다. 매일 한 편씩 무려 1년 7개월 동안 노인은 하루도 쉬지 않고 녹음을 했다. 500여 편이 넘는 시 낭송은 노인의 휴대전화에 아직도 저장되어 있다. 활자의 시가 노인의 목소리로 나와 비트로 저장되는 것은 하나의 엄숙한 예식 같았다. 유형에서 무형으로 바뀌는 이 과정이 무형에서 유형으로 바뀌는 어떠한 과정보다 숭고하고 아름답게 보였다. 이상하게도 노인의 마음이 애도에서 위로로 바뀌는 것을 느꼈다. 친구를 위해 시작한 일이 이제는 노인을 위한 일이 되어버렸다. 언젠가부터 친구를 떠올리는 일이 미안함이 아닌 즐거움으로 바뀌었다. 내면의 병에 관해서도 육체와 같이 인간에게는 자가 치유 능력이 있나 보다. 지금 노인이 친구를 그리워하는 것은 2년 전과 차원과 본질이 그만큼 다르다.

***

노인은 붕대를 풀었다. 한번 다치면 치료로 낫는 것보다 통증에 무뎌지는 것이 더 빠른 나이다. 발목 주위에 검버섯이 집중적으로 피어서 손을 뻗어 움켜쥐듯 비벼본다. 하루하루 켜켜이 쌓인 기억들이 이렇게 일상이라는 피부에 검푸르게 듬성듬성 피어오르는 것 같았다. 감추고 가리는 게 능사가 아니다.

소년을 만나기로 한 시간이 가까워지자 걸음을 정상으로 돌려보려고 방 안을 천천히 나와 부엌으로 갔다. 가벼운 시장기를 달래려고 작은 냄비 하나를 꺼내 수프를 끓이기 시작했다. 이 와중에도 여러 가지 생각들이 밀려오지만 끝에는 시 낭송에 대한 생각으로 달려가고 있었다. 노인은 소년에 관련해서는 경험에서 나온 많은 유의미한 데이터들을 가지고 있음에도 불구하고 여전히 새로운 질문들이 떠올랐다. 기존의 질문들이 틀려서가 아니었다. 노인에게 질문이란 끓는 수프가 냄비에 눌어붙지 못하게 쉬지 않고 주걱으로 저어주는 것과 같다. 항상 질문 뒤에 정답이 따라오진 않았으나 정답이라는 목적지 없이 달려가는 질문들이 모두 잘못된 곳에 도착하지는 않았다. 길을 걷다 문득 떠올라 돌아보니 과정이 질문인 경우도 허다했다. 때로는 질문 자체가 답이기도 하고 답이 질문 그 자체이기도 했다. 노인이 식탁을 훔치고 키 작은 분재들이 촉촉하게 적셔지라고 분무기로 충분히 물을 뿌리고 있을 때였다. 소년이 도착했다. 소년의 표정은 주말의 가벼운 아웃도어 차림만큼 캐주얼했다. 오는 길이 익숙해지니 인사도 한결 명랑했다. 이어 주변을 서성이는데, 지난주에는 보이지 않았던 거실 벽의 사물들이 눈에 들어왔다.

"우와, 정말 젊으셨네요."

사진 속 노인의 모습은 청년의 한때인 듯했다. 스무 명이 족히 넘는 단체사진임에도, 눈매와 얼굴형이 지금 노인의 모습과 다르지 않아 소년은 금방 알아보았다. 가운데 서있는 것으로 보아 그 행사의 주인공이었으리라 짐작하던 차에 노인이 쟁반에 복잡한 다기들을 받쳐 들고 왔다.

"자네, 차 좋아하나? 내가 즐겨 마시는 차인데, 마셔보게. 첼로 연주를 처음으로 낭송 공연에 시도해 보았네. 친한 친구가 바흐의 무반주 첼로 곡을 관객 앞에서 직접 연주하고 나는 옆에서 시를 낭송했지. 그때엔 철학에 심취해 있던 때라 낭송으로 고른 시들도 무겁고 어려웠다네. 겉멋이 많이 들었던 것 같아. 그래도 쇼펜하우어가 내게 결정적 영감을 줬다는 사실은 틀림이 없네."

"염세주의 철학자가요?"

"하하. 자네도 알고 있구먼. 쇼펜하우어가 말한 '세계는 나의 표상이다'는 시 낭송을 처음 만나 고민하던 내게 충격적인 메시지였네. 지금 보이는 세상이라는 것이 결코 객관적인 것이 아닌 나의 의지에 따라 형성된다는 것이 놀랍지 않은가. 자네는 시 낭송을 할 때 무엇을 중요하게 생각하는가."

"저는 이미지를 최대한 분명하게 그려 전달하려고 합니다. 제가 낭송하는 것은 활자이지만 감상하는 관객들에게는 하나의 그림처럼 전달하고 싶거든요."

"그렇지, 낭송에 있어서 의미 전달만큼 이미지 전달은 중요하지. 나도 그때엔 이미지에 집중하고 연결해 보여주는 것에 골몰했었다네. 그런데 쇼펜하우어는 여기서 더 나아가라고 다그치는 것 같더군. 예를 들어, 김소월의 〈진달래꽃〉을 낭송한다고 해보세. 진달래꽃을 떠올리고 그것을 상상하며 한다면 우리는 금세 활자에 매몰되고 말지. 그러나 진달래꽃에 낭송자의 주관적 의지를 담아 이미지를 떠올려 본다면 어떻겠나?"

"그럼, 자기의 경험이나 기억들이 들어갈 것 같아요."

"그렇지. 관념적으로 이별을 말하지 않게 되네. 결국 자신의 이야기를 가져오지 않으면 결코 말할 것이 없게 될 테니 말일세. 앞에서 말한 의지라는 것이 능동적이지 않으면 아무 의미가 없어지지."

"그런데 선생님, 그것이 왜 중요한가요? 어떤 차이가 있는지 모르겠습니다."

"자네는 어떤 낭송이 불편한가?"

"지나치게 작위적이거나 어떤 조(調)를 가지고 과장되게 감정을 담아낼 때 듣기가 거북했어요."

"바로 그걸세. 자신의 이야기가 빠져있으니 음률을 가진 시가 개연성 없는 리듬으로 발화되는 건 당연하지. 방향 없이 바람에 날리는 새털처럼 말일세. 필경 좋은 낭송은 어디로 가야 할지를 알고 날아가는 새의 움직임과 같아야 하네."

소년은 노인의 힘 있는 말에서 나온 단어들이 생소했다. 다소 식어버린 차를 입에 대자 순간 단맛이 밀려왔다.

***

    요즈음은 시 낭송 대회 관련 뉴스가 공중파 TV를 포함한 다양한 매체를 통해 심심치 않게 나왔다. 며칠 전 문화 채널에 패널로 나온 한 문화평론가는 가수 오디션 시대가 가고 시 낭송가 경연 대회 시대가 왔다고 호들갑스럽게 선언하기도 했다. AI 시대로 넘어가는 시점에 인간적인 문화를 지켜내자는 위기감이 시 낭송의 붐을 일으켰다는 것이다. 함께 자리한 패널들은 그의 말이 다소 무리가 있는 해석이긴 하지만, 남녀노소 누구나 쉽게 향유하기에 시 낭송만 한 것이 없다는 데에는 동의했다. 기성세대는 학창 시절의 추억이 있어 익숙했고, 젊은 층에서는 레트로풍의 문화가 오히려 '힙하게' 다가와 열광했다. 세계적인 5인조 남성그룹의 신곡 〈애너벨 리를 찾아서(Looking for Anabel Lee)〉의 뮤직비디오가 기폭제 역할을 했다. 영상 중반부에 멤버들이 릴레이 시낭송을 하는 장면이 압권인데, 무려 4분 44초나 이어진다. 에드거 앨런 포와 그의 연인 버지니아의 실제 무덤가를 교차 편집하면서 환상적으로 슬픔을 자아냈다. 한때 거짓 소문이 퍼지기도 했다. 애너벨 리를 처음 접하는 젊은 층에서 그녀를 여가수라고 짐작해, 영어 이니셜이 AL인 연예인들이 곤욕을 치르기도 했다. 감수성이 예민한 여고생들을 중심으로 포의 시 〈애너벨 리〉가 널리 퍼지는 건 20세기 말과 다르지 않았다. SNS에서는 애너벨 리

놀이가 만들어져 진화했다. 너무 종류가 다양해 그중 가장 인기 있는 한 가지만 소개하자면 이런 식이다.

'아주 여러 해 전 바닷가 어느 왕국에 / 당신도 아는지 모를 한 소녀가 살았지'라고 한국어 국악 버전으로 운을 떼면 이어서 '그녀의 이름은 애너벨 리'라고 다른 나라 사람이 판소리 느낌으로 받아 이어가는데, 한 편의 시가 순식간에 완성되었다. 만들어진 영상들은 재가공되고 편집되어 놀이처럼 확산되었다. 소년도 자신의 유튜브 채널에 〈애너벨 리〉를 낭송해 올린 적이 있었다. 파격적인 낭송이 아니었음에도 최근 들어 조회수가 급격히 상승해서 신기했다. 최근 댓글을 보다가 하나의 짧은 글에 시선이 멈췄다.

다음 거리 공연에서 애너벨 리를 꼭 듣고 싶어요.

글쓴이는 어느 외국 배우의 이름을 닉네임으로 썼으나, 단번에 그 소녀임을 소년은 직감했다.

3장

×

치유와 위안을 위한 놀이

노인은 조간신문을 양손으로 펼쳐 보다가 사회면에서 뜻밖의 문화 관련 기사를 발견하고는 신문을 반으로 접어 한 손에 쥐었다.

범람하는 시 낭송 문화의 허와 실

노인은 다른 손으로 안경을 집어 귀에 걸고는 미간을 구겼다. 문화면에서만 보던 시 낭송 관련 기사가 사회 문제로 다뤄진 것이니 더욱 관심이 갔다. 최근 들어 유난스럽게 언급되고 열광적인 호응을 받는 것이 마냥 달갑지는 않았다. 모두가 한 방향으로 박수를 칠 때마다 노인은 그것이 틀린 것의 징후일지도 모른다는 우려가 들었다. 기사는 대담 형식을 그대로 옮겨 실었다.

국문과 교수와 문화 비평가가 얼마나 첨예하게 대립하는지는 마주 보는 두 사람의 사진이 증명하고 있다. 손동작과 표정이 정치면 사진과 별반 다르지 않았다.

─한동안 침체되어 있는 음반 시장에서 시 낭송이 폭발적인 흥행을 불러일으키고 있습니다.

─시에 대한 충분한 이해 없는 시 낭송은 자칫 시가 가진 고유한 품위와 가치를 훼손하고 왜곡하죠.

문화비평가는 시 낭송을 옹호하고 국문과 교수는 반대하고 있었다. 둘 다 각자의 분야에서 명망 있는 인사이기에 그 입장이 주목을 끌었다. 노인은 양측 주장에 모두 수긍이 가지만 부분적인 반론도 하고 싶었다. 시 낭송을 긍정하는 쪽에서 시 낭송의 역할을 협소하게 보는 건 못마땅했다. 음악뿐 아니라 영화와 미술, 건축, 무용 등에도 영향을 미친 사례가 차고 넘치는 걸 노인은 알고 있었다. 무엇보다 문학 자체에 순기능을 하고 있다는 점을 들어 제대로 반박하지 못하는 문화비평가가 실망스러웠다. 반대쪽도 불만이었다. 시의 고유한 품위를 낭송으로 훼손한다는 우려는 아무래도 낯선 표현 방식에 있는 것 같았다. 낯선 것이 다르게 보이나 틀린 것은 아니다. 젊은 시인들의 시들이 파격적 형식과 실험적인 표현으로 진화하고 있는 걸 노인은 언급하고 싶었다. 한 번도 그러한 시를 보면서 옳지 않다고 느낀 적이 없다. 이 모든 걸 차치하고라도 시와 낭송은 그 지향점과 표현의 방향성이 일치할 필요가 없는 거라고 확신했다. 우려와 기대를 서로 주거니 받거니 하는 두 대담자의 토론이 신문 한 면을 가득 채웠다. 노인은 신문의 절반을 찢어 반으로 접은 뒤 책상 한편에 올려놓았다.

***

"하루는 공자가 급한 걸음으로 지나가는 아들 백어를 보고 그를 불러 '시를 공부하고 있느냐?' 하고 묻습니다. '아직입니다'라고 백어가 대답을 합니다. 이어서 공자가 '시를 공부하지 않으면, 말을 할 수 없을 것이다'라고 말하자 백어는 돌아가 시를 공부했다고 합니다."

노인은 '미래의 리더십'이라는 워크숍 프로그램에서 강사의 자격으로 강단에 서 있었다. 앉아서 강연을 듣고 있는 이들 대부분이 기업 CEO나 회사 중역들이었다. 강연 말미에 《논어》의 〈계씨〉 편에 나오는 에피소드를 인용하고 있었다. 이는 앞서 나온 질문에 대한 답변인 셈이었다. 참석자의 질문은 자신의 경험을 필요 이상으로 곁들이는 바람에 길고 장황했지만, 핵심만 추려 말하자면, '앞으로 리더들은 어떻게 말로 소통해야 하느냐' 하는 것이었다. 앞자리에 앉은 나이 지긋한 몇몇은 고개를 주억거리는데 공감하는 표정이 역력하다.

"공자는 왜 시를 배우는 것과 말을 연결했을까요? 여기서 이야기하는 '말'은 리더의 말을 의미합니다. 말로써 아무것도 할 수 없음은 리더로서의 말을 못 한다는 거죠. 시는 감성의 첨단에 위치한 언어입니다. 그저 말랑말랑함만을 감성으로 이해하기 쉬운데, 그건 감성의 본질을 간과한 겁니다. 감수성은 공감력입니다. 요즘의 익숙한 말로 바꿔서 이르자면 소통 능력을 뜻하죠. 가슴에 시를 품고 있는 리더와 그렇지 않은 리더는 리더십에서 크나큰 차이를 보입니다."

노인은 마치 여기 모인 이들의 리더인 듯 보였다. 더 나아가 리더로서 절제의 언어, 자기 통제의 언어, 확장의 언어로 나아가게 하는 데 시가 도움이 되며, 낭송하는 습관은 그 어떤 리더십 스피치보다 효과적이라는 대목에서는 박수가 크게 터져 나왔다. 그 후로 다투듯 질문이 쏟아졌다. 구체적으로 어느 시가 리더십 향상에 좋으냐, 라든가 추천 시인을 알려달라는 것 따위였으나 노인은 우회적으로 답을 피했다.

노인이 행사 관계자와 몇 마디 나눈 뒤 로비에 나오자 소년이 기다리고 있었다. 소년은 미리 봐둔 카페로 노인을 안내했다. 자리에 앉자마자 자신도 모르게 인사보다 준비한 말이 먼저 나와 버렸다.

"저… 시 낭송 대회에 나가려고요."

"…."

"지난주에 참가 접수한 영상이 예선을 통과했어요. 본선은 새로운 시로 무대에 올려야 하는데 아직 고민입니다."

"…."

소년은 고해소의 죄 많은 신자가 되어 한 주간의 일들을 죄다 노인 앞에 늘어놓았다. 이미 저지른 일에 허락을 구하는 투로 말하는 건 자신이 없어서도 아니고 그렇다고 의욕이 넘쳐 자랑을 하는 것도 아니었다. 노인의 작은 지지만 있어도 힘이 날 것 같았다. 노인은 조언을 하려는지 응원을 하려는지 알 수 없는 표정으로 아무 말이 없었다. 카페에 흐르는 노래가 가사 없는 연주곡으로 바뀔 즈음에 노인이 입을 뗐다.

"낭송을 한다는 것은 나름의 고유한 쓰임이 있네. 그것을 고민해 보게."

소년은 이해가 되지 않았다.

'낭송이 무슨 용도가 있을까.'

집으로 가는 내내 한 가지 생각이 머릿속에서 떠나지 않았다. 본선에 도전할 시의 추천은커녕 더 큰 숙제만 받아 든 것 같았다. 시 낭송의 쓸모를 검색하려다 새로운 메시지가 보인다. 낭송 모임의 리더가 보내온 축하 메시지다.

첫 도전인데 대단해요. 본선도 응원합니다. 축하드려요. 수요 낭
송 모임 시치미 대표가!

답장으로 보낼 문구를 저울질했다. 감사의 인사로 할까 낭송의
쓰임에 대해 물을까 고민했다.

시치미 덕분입니다. 감사해요.

시치미. 예전부터 이 모임의 이름이 소년은 마음에 들었다. 시
가 아름다움을 다스린다는 말이 그럴듯하게 들렸다.
'그래, 낭송은 아름다우면 된 거지 무슨 쓰임이 있단 말이야.'
다음에 노인을 만나면 반박해야겠다고 소년은 가볍게 다짐했
다. 다시 관심은 본선에 가지고 나갈 시 고르기로 옮겨 갔다. 타
대회 역대 대상 수상자들의 작품 리스트를 정리해 보기로 했다.
그러자 나름 선별 기준이 분명해졌다. 보이는 것은 마음을 늘 편
안하게 했다. 보이지 않는 것은 당최 납득하기 어려웠다. 타인의
선택이 나의 선택보다 견고해 보이기도 해 자연스레 고민이 사라
졌다. 자정이 넘어서야 무수한 수상 시 중에서 세 편의 시를 고른
후 잠자리에 들 수 있었다.

***

노인은 무척 화가 나있었다. 무대 주변은 갈기갈기 찢긴 종이
들로 어지러웠다. 연단 위에 선 노인이 싸움닭처럼 몸을 흔들거
리며 말을 쏟아냈다. 강렬하고 일방적인 상황은 좌중의 반응마저
제압하고 있었다.

"이제는 더 이상 감정에 도취된 낭송을 해서는 안 됩니다. 아무
도 그런 낭송에 관심을 갖지 않아요. 지금 당신들의 낭송이 얼마
나 시를 망치는지 알고 있습니까? 불과 몇 분 전에 무대에서 보여
준 그 낭송들이 두 번 듣고 싶어지는가를 스스로에게 물어보십시
오. 두 번 들을 가치가 없다면 한 번 들을 가치도 없는 것입니다.
출전자 모두의 목소리가 마치 한 사람인 양 천편일률적인 낭송은
이제 멈추십시오! 이번 대회의 대상 수상자는… 해당자가 없습니
다. 금상 수상자도 없습니다. 은상 수상자도! 동상 수상자도!"

소년은 눈을 떴다. 아직 캄캄한 새벽이었다. 미처 타이머를 맞
춰두지 않은 선풍기는 등을 보이며 돌아가고 있었다. 그 바람은
책상 위에 올려둔 종이들을 날려 바닥에 낙엽처럼 서로 포개놓았
다. 평상시에는 볼 수 없는 쩌렁쩌렁한 노인의 목소리가 지워지
지 않았다. 너무나도 생생한 광경에 한참을 어리둥절했다. 여기
가 대회장인지 자신의 방인지 잠시 혼란스러웠다. 암순응으로 이
내 익숙한 사물들의 실루엣을 보고서야 알아차렸다. 소년은 미세
한 안도의 한숨을 내쉬었다.

'아….'

다시 잠을 청하지만 뜻대로 되지 않아 뜬눈으로 아침을 맞이
했다.

수요 시 낭송 모임에 모처럼 전원이 참석했다. 무더운 날씨에
도 아랑곳하지 않는 분위기다. 예선을 통과한 이들은 본선에 가
지고 갈 시를 정하기 위해 왔다. 그렇지 못한 멤버들도 각자의 이
유를 가지고 있을 것이다. 시 낭송 대회를 준비하는 모든 과정에
서 시를 선택하는 일이 8할쯤이라고 소년은 생각했다. 좋은 시는
그 자체로 좋은 낭독을 돕는다. 그러나 좋은 시란 훌륭한 시인이
쓴 명시를 말하는 것이 결코 아니다. 낭송하는 이와 잘 맞아야 한
다는 얘기다. 그렇다면 잘 맞는다는 건 무엇을 말할까? 시치미의
리더는 이 부분을 강조하고 있었다. 한 사람씩 돌아가며 출전 시
를 선택한 이유를 말하자고 제안했다.

"제가 선택한 시는 학창 시절 첫사랑에게 보낸 편지에 함께 적
어 보낸 추억이 있어서 기억에 남아요."

"지난겨울에 돌아가신 할머니를 생각하면서 고른 시입니다."

"하하. 저는 특별한 이유보다는 그냥 느낌이 좋아서 선택했습
니다."

소년의 차례가 올 때까지 멤버들은 예상치 못한 질문에 성실하
게 답을 했다.

"저는 낭송으로 경쟁을 한다는 것이 무척 신기합니다. 우열을
가늠하는 기준이 무얼까도 추측해 보았지만 잘 모르겠어요. 우선

대회에서 어떤 시들을 주로 다루는지 찾아보고 그중에 가장 거부
감 없는 시로 선택했어요. 아직 세 편 중에서 최종 선택은 못 한
상태고요."

소년은 이미 정해 온 멤버들의 단호함과 분명함이 부러웠다.
서로 과정도 함께 하는 줄 알았는데 각자 정해 와야 하는 분위기
였다. 누가 골라주면 참 좋겠다고 생각했다. 지천에는 수많은 시
들이 풀꽃처럼 흐드러지게 피어있었고 그중에 한 송이의 시를 골
라 꺾는 것은 불가능해 보였다. 모임은 각자의 짧은 연습으로 마
무리되었고 특별한 모니터는 없었다. 연습실 문을 나서는데 리더
가 뒤에서 어깨에 손을 얹으며 낮게 말했다.

"정 고르기 힘들면 그림이 분명하게 그려지는 시로 하세요."

소년은 리더의 조언보다 그의 걱정하는 말투가 고마워 그러겠
다고 웅얼거리듯 말하고 연습실을 나섰다. 도심의 매미 소리는
귀로 듣는 온도계 같다. 우렁차게 온몸으로 한여름의 깊이를 측
정하고 있었다. 신은 왜 계절을 인간에게 던져준 것일까. 꿈에는
없는 계절을 말이다. 어쩌면 현실을 인증하는 표식을 하기 위함
이 아닐까. 태양이 기다란 원반처럼 늘어지는 오후 거리를 걸으
며 노인이 문득 보고 싶어졌다.

***

소년은 노인을 마주하자 며칠 전 꿈에서 본 모습이 다시 떠올랐다. 한 번도 무섭다고 여긴 적이 없는데, 저도 모르게 시선을 피해 질문을 에둘러 하고 있다.

"선생님은 기억에 남는 낭송이 있으세요?"

"음… 있었지. 그러니까, 한 5년 전인가… 전라도 어느 도시에서 개최한 낭송 대회에 심사위원으로 간 적이 있었네."

소년은 내심 노인의 경험을 들을까 하고 물은 것이었다. 이내 자신이 모호하게 물었다는 것을 알아차렸으나, 아련한 노인의 눈빛을 보자 그것이 상관없어졌다.

"한 스무 명 정도가 본선을 치르고 있었는데, 그때도 아마 오늘처럼 무더운 여름이었던 걸로 기억이 나네. 마침 감기약을 먹고 심사를 보는 터라 집중도 되지 않고 몸은 나른해서 어서 끝나기만을 바랐지. 자세는 어느새 반쯤 누운 듯 의자에 몸을 기대고 있을 즈음 마지막 출전자가 무대에 올라왔네. 앞의 사람과 키 차이가 커서 진행요원이 스탠드 마이크를 조절하는데, 그가 주위를 두리번거리더군. 나도 모르게 몸을 고쳐 앉아 뒤를 보게 되었어. 그사이 넓은 무대 위 한가운데에는 마이크와 출전자만 남게 되었지. 원래 낭송 대회는 배경음악이 없기에 시작하는 시점을 스스로 정해야 하는 건 자네도 알고 있지? 한참을 조용히 있다가 제목과 시인의 이름을 천천히 말하는데, 나이를 가늠할 수 없는 목소리였어. 목소리를 통해 나이를 알 수 없다는 건 감정이 아닌 감성

으로 표현하고 있다는 1차적 몰입을 의미하거든. 좋은 목소리는
청각이 아닌 후각을 자극한다네. 꽃향기는 우리를 자연스럽게 잡
아당기지 않는가."

소년은 노인의 목소리를 들으며 불현듯 니겔라라는 꽃이 떠올
랐다. 씨앗이 검어 흑종초라고도 불리는 이 꽃은 잎과 줄기마저
도 신비롭다. 탱자나무의 가시 같기도 하고 코스모스의 잎 같기
도 한데 꽃을 주위로 보호하는 자태가 노인의 목소리와 닮았다.
살벌한 분위기로 엄호를 하면서 잎에서는 달콤한 바닐라 향이 나
는 이 아이러니! 소년에게 노인의 목소리는 흑종초 그 자체였다.

"아버지에 대한 그리움을 담고 있는 시였네. 첫 연에서 조심스
레 어릴 적 아버지와의 추억으로 초대하더니, 시에는 언급되지
않은 반목의 순간을 행간에서 들려주는 듯했어. 그것은 미안하고
안타까운 일이었다고 용서를 청하고 있더군. 자칫 활자에 매몰
되어 막연한 슬픔만을 표현할 수 있는 유혹으로부터 벗어나는데,
그 의지가 낭송의 흐름을 예상할 수 없는 곳으로 데리고 갔어. 그
러다 보니 나는 그녀의 이야기가 궁금해져 귀가 아닌 오감을 열
어 감상할 수밖에 다른 도리가 없었네. 이제부터는 그녀의 낭송
이 더 이상 평가의 대상이 아닌 거지. 내가 기존에 알고 있는 시
가 이 시가 맞나 잠깐 의심이 들어 주최 측에서 준비한 프린트물
을 보기도 했네. 분명히 다른 참가자들과는 달랐어. 마지막 연의
두 행을 낭송할 때에는 그 처연함에 그녀가 데리고 간 이야기의

공간에서 한참을 빠져나올 수 없었지. 그러곤 깨달았네. 이렇게 용서를 청할 수도 있구나. 낭송으로 화해와 치유가 가능하구나."

노인에 눈가가 촉촉해져 있음을 본 소년은 그 광경을 놓치지 않으려 아까 쥐고 있던 질문들을 죄다 놓아버렸다.

***

지하철을 타고 집으로 오는 길을 선호하지 않는 소년이다. 노인과 만난 장소에서 버스 정류장은 멀지 않으나 우회하기에 어쩔 수 없었다. 저녁 퇴근 시간과 맞물려 지하철은 칸칸마다 붐볐다. 팽팽한 스프링이 장착된 동전 케이스에 동전을 밀어 넣듯 소년은 지하철에 올라탔다. 낯선 이와의 밀접한 거리에서 시선을 피해 서있으려면 휴대전화가 최적의 사물이다. 이 문명의 이기는 얼마나 많은 이들의 불편한 시선들을 구원해 줬는가. 휴대전화가 없었다면 혼자 밥을 먹고 혼자 여행 가는 어색한 행위들이 이처럼 흔해지고 만만한 도전이 될 수 있었을까. 시선만 잘 처리해도 생각보다 많은 일들이 큰 용기 없이 가능하다. 휴대전화의 필요 없는 앱들을 지우다가 얼마 전에 발견한 소녀의 댓글이 떠올라 유튜브 채널로 접속했다. '애너벨 리 낭송'이라고 검색했다. 수많은 영상들이 줄지어 눈앞에 펼쳐졌다. 그중 가장 먼저 눈에 띈 영상을 클릭했다. 알랭 모리소드풍의 음악이 배경으로 흐르고 비음이 강한 옛날 성우의 목소리가 구슬프다. 간간이 들리는 파도 소리가 점점 커져가자 성우의 목소리도 급하게 몰아친다. 소년은 멈추고 다음 영상으로 옮겨 간다. 이어 여러 낭송가들의 영상을 들어보지만 목소리만 도드라진다거나 기교만 돋보여 고개를 가로저었다. 소년은 들으면 들을수록 자신이 없어졌다. 이미 낭송하는 이들만큼 목소리가 뛰어나지 못하다는 점이 먼저 주눅 들게 했다. 그것보다 더 큰 이유는 다른 것에 있었다. 대단히 실력 있는 이들의 낭송인데도 이 정도의 감동이라면 시 낭송이 줄 수 있는 감동의 크기를 소년이 감당해 그 이상으로 끌어낼 수 없다고 생각했다. 낭송의 한계를 실감했다. 게다가 번역 투의 문장들은 듣는 내내 제대로 만들지 않은 어설픈 파스타를 먹는 느낌이었다. 소년은 이러한 표현 방식의 낭송으로는 안 된다고 생각하면서도 대안이 떠오르지 않았다. 결국 자신도 비슷할 것이라는 낙담이 더욱 엄두를 내지 못하게 했다. 그녀는 분명 다음 거리 공연에 올 것이다. 소년은 소녀를 실망시키고 싶지 않았다. 무대에 올려야 한다. 아니 올리지 말까. 올릴 것이다. 그렇다면 어떻게… 어떻게…. 소년은 집에 도착할 때까지 고민해 보았지만 여전히 수수께끼는 풀리지 않았다. 노인은 답을 가지고 있을 것 같아 전화로 물으려다 말았다. 노인은 답을 바로 말한 적이 없었다. 늘 질문을 던지고 소년이 스스로 찾도록 시간만 허락할 뿐이었다. 요즘 들어 노인을 닮아가는 듯했다. 자꾸 질문만 머릿속에 커져

가고 늘어간다. 때로는 엉뚱하고 무모해 보이는 질문들이 앞다투어 소년의 입 안에서 맴돈다. 그중에서 가장 큰 질문이 비집고 들어온 것이다. 이전에는 자신의 낭송에만 집중했었다. 마음이 편했다. 비교 대상이 없었으므로. 이제는 소년 옆에 나란히 선 낭송들이 자꾸 곁눈질을 하게 하고 눈치를 보게 한다. 그럴수록 소년의 낭송이 누추하고 초라하게 느껴졌다. 타인의 비난은 누구보다도 잘 견뎌내는 소년이지만, 자신이 자신에게 겨누자 무딘 칼인데도 상처가 크게 남는다. 낯선 고통이었다. 대책 없는 공격이라서 그런가 보다. 낭송에 대한 고민들은 어느새 인생의 근본을 고민해야 고작 작은 힌트 몇 개를 얻을 수 있을 정도로 깊어지고 있었다. 삶이 질문을 던졌으니 낭송이 그 답을 찾아 제시해야 할 차례였다.

***

시 낭송 모임의 리더에게서 문자메시지가 도착했다.

> 본선 진출을 축하합니다. 내일 오후 6시에 이미 공지한 장소로 모여주세요.

모임에서 낭송 대회 본선에 진출한 사람은 소년 말고도 두 명이 더 있었다. 특별한 호칭이 없는 걸 보니 동시에 보낸 듯했다. 리더가 공지한 약속 장소는 시치미 모임 장소로부터 꽤 거리가 있는 곳이었다. 'Recitation Cafe TENICORTIA'

막상 장소에 가까워지니 의외로 찾기가 어렵지 않았다. 충분한 간격의 건물들이 섬처럼 듬성듬성 각자의 개성을 뽐내고 있었다.

'시 낭송 카페?'

여러 특성 있는 카페들을 가보았지만 시 낭송 카페는 생소했다. 시 낭송을 음악 대신 틀어준다는 건지 시 낭송 무대가 있어 노래 대신 공연을 한다는 건지. 그 어떤 방식이라고 하더라도 대중적이지 못할 것 같았다. 그저 어떤 이들이 올 것인가에만 궁금증이 모아졌다. 초행이라 서두른 탓에 30분이나 일찍 도착한 소년은 두리번거리다 참석 인원이 앉을 만한 규모의 자리를 골랐다. 어깨에 멘 가방을 풀면서 벽에 걸린 사진에 눈이 갔다. 리더의 공연 사진이었다. 다른 자리의 사진들도 온통 리더이다. 리더가 운영하는 카페구나, 하고 추측하는 사이 문 쪽에서 리더가 소년을 발견하고 손을 흔들었다.

"더운데 찾아오느라 힘들었죠?"

"아니에요. 약도가 친절해서 헤매지 않았어요."

"근데, 카페 이름이 무슨 뜻인지…."

테니… 코티…. 테니스 코트가 연상되는 이름이 아까부터 궁금했다.

"하하. 테니코르티아라고 읽으면 돼요. 조금 특이하죠?"

리더는 자주 받은 질문처럼 자연스럽게 이어갔다.

"애너그램 같은 거예요."

"애… 너… 그램? 그게 뭔가요?"

"일종의 언어유희라고나 할까? 알파벳으로 하는 놀이죠. 라벤더(lavender)의 단어를 재조합하면 에버랜드(Everland)가 만들어지잖아요. 테니코르티아(Tenicortia)는 시 낭송이라는 영어 단어 레시테이션(recitation)의 애너그램이에요. 제가 카페 이름으로 만들어 봤는데 어때요?"

리더는 어깨를 으쓱하며 지금 당장 만들어 낸 듯 재미있어했다. 시 낭송 카페에 대해서도 좀 더 물어보고 싶었으나 때마침 다른 멤버가 도착했다.

'공간만이 선점의 대상이 아니다. 시간도 그러하다. 보이고 안 보이고의 차이일 뿐 시간도 차지할 수 있다. 내가 주도하지 않으면 이내 외부의 상황이 내 시간을 점령하고 만다. 누가 말했던가. 생각하는 대로 살지 않으면 사는 대로 생각하게 된다고. 이렇게 바꿔 말할 수 있으리라. 내가 시간의 주도권을 행사하며 살지 않으면 금세 시간에 끌려 다니며 살게 될 것이다.'

한 명의 참석 예정자가 갑작스레 못 온다고 남긴 메시지를 단체 대화방에서 보자 소년의 머릿속에서 별별 생각들이 꼬리를 물었다. 리더는 동요하지 않은 듯 잎차를 직접 우려 내놓았다. 분위기가 정돈되자 리더는 진지한 표정으로 대회 규칙을 발표했다.

"이 대회는 전통적으로 시 낭독과 시 낭송의 두 부분을 본선에서 심사합니다. 낭송만 익숙하신 분들은 낭독에 대한 준비도 병행해야 하는 거죠."

소년은 낭송과 낭독의 차이가 단지 암송 유무가 아닐까 막연하게 추측할 뿐이다. 보느냐 안 보느냐의 차이라면, 그저 낭독은 낭송의 전단계일 뿐이지 않은가. 대회에서 과정을 평가하는 것이 무슨 의미가 있을까 쉬 납득이 되지 않았다. 멤버들이 고개를 끄덕이며 진지하게 듣기에 흐름을 깨고 싶지 않아 목구멍에 걸려있던 질문을 머금고 있던 차와 함께 삼켜버렸다.

"낭송 시는 여러분이 예선에 제출한 시와 동일하지만, 낭독 시는 대회 당일에 발표합니다. 이것 또한 형평성을 위해 스무 명의 시가 모두 같습니다. 이 부분은 운이 작용할 수 있겠군요."

어느새 카페 창 너머 거리가 어둑어둑해지고 있었고, 그만큼 상대적으로 실내는 낮보다 밝아지고 있었다. 비어있던 테이블은 거의 찬 상태였다.

"그럼 낭독은 어떻게 준비해야 하나요?"

이번 본선 무대가 세 번째라는 멤버가 눈치를 보다 작은 목소리로 입을 뗐다.

"우선 여러분이 희망하는 일자로 연습 일정을 정할 거예요. 하나 연습은 모두 공개적으로 진행됩니다. 이번에 탈락한 분들도

의미 있는 기회니 동참하는 걸 이해해 주세요. 그때 낭송과 낭독의 차이를 자세하게 알려드릴게요."

이어 리더는 여러 장의 프린트물을 넘기며 준비한 정보를 알려주었다. 시치미 멤버들을 제외한 본선 진출자들의 이력들은 화려했다. 테이블에서부터 경험치로 줄을 세운다면 우리는 카페 문밖으로 나가야 한다고 리더가 농을 하자 모두 합창하듯 웃었다. 소년도 함께 웃었지만, 걱정이 마음속에 굳게 정박한 배처럼 울렁거리며 그 자리를 떠나지 않았다.

***

노인은 하루 일정을 모두 취소했다. 요즘 들어서 격주에 이틀가량은 집에서 지내는 날이 주기적으로 생긴다. 지난 연말에 한 종합건강검진에서 폐암을 진단받은 후로 더욱 그렇다. 노인은 흡연을 하지 않아 처음에는 오진이 아닐까 의심하며 쉬 받아들이지 못했다. 의사가 가리키는 가슴 사진은 냉정할 정도로 분명하게 병명을 말하고 있었다. 그나마 의사의 심각하지 않은 말투의 몇 마디가 희망을 놓지 못하게 했다.

"악성인 소세포 폐암에 비해 비소세포 폐암은 전이가 되지 않은 상태일 경우 치료만 잘 받으시면 됩니다."

비소세포라면 소세포가 아니라는 것이니 대세포인데 어찌 소세포보다 치료가 쉽다는 것인지 당최 이해가 되지 않았다. 그러나 표적 치료제가 많아 내 몸과 잘 맞으면 불치병은 아니라는 말에 구체적으로 묻지는 않았다. 돌아와서도 노인은 며칠간 아무 일도 할 수가 없었다. 그저 죽음에 가까워지고 있는 병든 자신의 몸이 누추하게 여겨졌다. 폐암과 직접 관련도 없이 몸져누워 지냈다. 지난 세월이 두서없이 편집되어 눈앞을 지나갔다. 그때마다 자주 떠오른 얼굴은 노인의 낭송을 누구보다 좋아해 준 친구였다. 그는 이 세상에 없기에 그를 애도하는 방법으로 1년간 그를 위해 낭송한 적이 있다. 날마다 휴대전화에 녹음해 놓을 뿐 한 번도 들어본 적이 없었다. 갑자기 노인은 자신의 낭송이 듣고 싶어졌다. 죽은 친구를 위해 써놓고 부치지 않은 편지 같은 낭송들…. 가장 오래된 낭송부터 듣기 시작했다. 온통 죽음, 우정, 슬픔으로 점철된 시들만 골라서 낭송한 것 같다. 굳이 의도한 것은 아니었으나 그때는 그런 시들만 손에 잡혔다. 어떤 시는 중간에 한동안 침묵이 흐르는 낭송도 있었다. 노인은 그저 침묵의 낭송을 몸으로 감상했다. 말을 할 때보다 말을 하지 않을 때가 더욱 진실에 가까운 듯 느껴졌다. 그렇게 한참을 듣다 보니 친구의 얼굴에서 소년의 얼굴로 자연스럽게 옮겨 가기 시작했다. 그때 친구를 위한 낭송 시들은 온통 자연과 희망을 노래하는 시들로 바뀌어 있었다. 죽음을 생각할수록 삶으로의 강한 의지를 노인은 시 낭송을 하면서 가졌나 보다. 녹음하던 때에는 몰랐던 노인의 감정 변화는 낭송 안에 고스란히 담겨있었다. 거의 여덟 달이 지난 후의 낭송 시들은 오히려 환희, 기쁨의 시들이 넘쳐났다. 노인은 낭송을 하면서 친구를 잃은 슬픔으로부터 벗어 나오고 있었던 것이다. 노인은 전반부보다 후반부로 갈수록 눈가에 눈물이 맺혔다.

'친구를 애도한다고 한 것이 오히려 나를 깊은 슬픔으로부터 건져내었구나.'

노인이 되짚어 보니 친구를 위해 낭송을 시작한 지 1년이 된 시점부터 왕성하게 활동한 것 같았다. 심지어 비행 공포증이 있는 자신이 크로아티아에서 열린 시 낭송 포럼에 참석한 것은 기적에 가까운 일이었다. 그저 조금 나아진 것이 아닌 다른 나로 태어난 것이었다.

***

"지난 시간에 이어 오늘은 몸으로부터 타인과의 소통을 시도해 보는 일곱 번째 훈련을 해보겠습니다."

노인은 시간이 될 때마다 들러 자신이 프로젝트한 프로그램의 현장을 둘러보았다. 전체적인 구상은 노인이 했으나 구체적인 몸 동작은 무용가의 조언을 들었다. 마침 참석자들과 진행자가 인사를 나누고 있었다. 노인은 시 낭송을 하면서 관객과의 소통이라는 화두를 놓친 적이 없었다. 늘 방법이 고민이었고, 다양한 시도들을 무대에서 선보였다. 그러나 늘 무언가가 부족한 기분이었고, 그것은 자신이 하는 낭송의 한계라고 여겼다. 그러던 중 우연히 서점에서 다치바나 류스케라는 일본 영성 학자가 쓴 《중심이란 무엇인가》라는 책을 보게 되었다. 저자는 세상과 연결되는 과정 속에서 내부의 중심이 사라지고 있다고 했다. 타자와의 연결이 행복과 안정을 가져다주지만 때로는 불안을 느끼게도 하는데, 이는 자신에 대한 감각과 균형을 잃어버리면서 타자와의 균형도 연쇄적으로 붕괴되기 때문이며, 이는 곧 연결의 문제가 아니라 자기의 중심이 바로 서있는가의 문제라고 지적했다.

'아! 답은 내 안에 있었구나.'

소통을 위한 행위에만 집중했던 노인에게는 충격이 아닐 수 없었다. 소통의 비밀이 내 안의 중심을 찾는 것이라니. 그것으로부터 타인과의 연결이 가능하다는 논리가 마음에 들었다. 그 후로 이론을 실제로 응용하는 다양한 구상을 했고, 그 결과의 일부를 몇몇 시 낭송가 양성 프로그램에 적용했다. 기존에는 낭송 자체에만 집중하던 훈련 방식이 대부분이었다. 몸을 활용한 노인만의 새로운 훈련 방식이 큰 반향을 일으키며 병행하는 식으로 바뀌게 된 것이다.

참석자들은 서로를 향해 눈을 감은 채 이마를 대고 두 손을 마주 잡고 서있었다. 진행자는 참석자들 사이를 오가며 자세를 교

정해 주면서 감정 없는 목소리로 메시지를 던지고 있다.

"마주 잡은 손과 마주 댄 이마를 하나의 원으로 상상합니다."

진행자는 마치 커다란 애드벌룬을 쓰다듬듯이 손으로 크게 원을 그렸다.

"하나의 이미지를 상상해서 상대에게 전달합니다. 물론 침묵한 채 생각만을 전달하세요. 그것은 동물이어도 좋고 하나의 추상적 단어여도 좋습니다. 서로가 하나의 원으로 연결되어 있음을 경험해 보세요. 이미지를 보내는 분은 받는 분이 잘 받을 수 있도록 자세하고 섬세하게 그려주세요. 이미지를 받는 분은 신뢰를 가지고 온전히 마음을 열고 받아주십시오."

진행자도 침묵한 채 2분을 보내고 알람 소리와 함께 모두 눈을 떴다. 참석자들의 얼굴은 긴 묵상을 마친 사람처럼 엄숙하고 경건했다.

"선생님은 어떤 이미지를 전달받으셨나요?"

진행자가 자신에게서 가장 가까운 거리에 있는 팀에게 손짓을 했다.

"행복이요."

"아, 그럼 선생님은 어떤 이미지를 전달하셨나요?"

"틀렸어요. 아가의 미소를 보냈는데…."

그는 당황해했다. 진지한 분위기에서 자신이 괜히 눈치 없이 반응한 건 아닌가 해서였다.

"하하. 괜찮아요. 이건 텔레파시가 아닙니다. 그래도 전혀 다른 이미지는 아닌 것 같네요."

진행자는 대수롭지 않다는 듯 돌아가면서 이미지들을 대조했고, 대부분 비슷할 뿐 일치하는 팀은 없었다. 노인은 지켜보며 내내 흐뭇한 무표정과 심각한 미소를 번갈아 지었다. 말하지 않으면 아무것도 알 수 없고, 알려 하지 않고, 알고 싶어 하지도 않는 시대를 살고 있다. 한순간만이라도 누군가가 무엇을 생각하려 하는지 집중해 보는 것만으로도 가치 있다고 노인은 생각했다.

***

소년은 며칠째 소녀의 제안이 마음에 걸렸다. 에드거 앨런 포의 〈애너벨 리〉를 낭송 버스킹에서 해달라고 한 말을 거절하고 싶지 않았다. 어찌할지 모르는 이 감정은 표현 방법에 대한 구체적인 기대일지 모른다. 처음 신청곡을 받아 쥔 디제이처럼 설레는 걸 보니 더욱 그랬다. 그 설렘의 대상이 온전히 그녀는 아니었다. 누군가에게 낭송할 시를 추천받은 일도 처음이거니와 누구를 특정해 낭송하는 경험도 처음이기 때문이었다. 무대에서 사랑에 관한 시를 낭송하지 않는 것은 소년에게 불문율 같은 것이었다. 연애시라든가 가슴 절절한 사랑 이야기를 담은 시를 낭송했더라면 지금보다 더 많은 관객들 앞에서 공연을 했을 것이다. 그러

나 소년은 고집스러우리만치 사랑 시를 배제했다. 그런 소년에게
〈애너벨 리〉는 가당치 않은 제안이고 무리한 요구였던 셈이다.

　2년 전, 소년에게는 사랑하는 여자가 있었다. 소년도 어렸고
여자도 어렸던 그 시절, 그 둘의 만남은 그로부터 6개월 전으로
거슬러 올라간다. 소년은 대학생이 되면 하고 싶은 버킷리스트를
이미 완성해 놓은 상태였다. 무려 백 가지에 육박하는 자잘한 희
망사항들을 강판을 격파하듯 하나씩 이루는 재미가 쏠쏠하던 시
기였다. 그중 제법 굵직한 몇 가지를 두고 저울질하던 그해 여름,
소년은 유럽 배낭여행에 앞서 전국 자전거 일주를 하기로 결정했
다. 대전에서 시작한 일정은 경기도, 강원도, 경상도 방향으로 이
어지다가 제주도를 일주한 후 전라도를 거쳐 충청도로 마무리하
는 35일간의 강행군이었다. 소년은 여행 비용을 절약하기 위해
자전거 뒷자리에 1인용 텐트와 최소한의 짐을 싣고 떠났다. 마침
전공에 대한 회의도 한몫을 했지만, 지금 떠나지 않으면 영영 이
런 여행은 못 해볼 것 같은 절박한 마음이 더 컸다. 며칠간은 엉
덩이가 배겨 잠을 못 잘 정도였지만 금세 적응이 되었다. 자전거
여행은 정직했다. 페달을 밟은 만큼 자전거는 나를 딱 그만큼만
옮겨주었다. 그래서 처음엔 내리막길이 좋았으나 이내 오르막길
이 나타나 아까의 불로소득을 회수해 갔다. 한참을 바닥만 보며
뙤약볕 아래서 국도를 달리다 보면 자전거가 앞으로 가는 건지
도로가 뒤로 밀리는 건지 구분이 안 갔다. 길 위에서 소년은 자신

의 길을 무수히 되짚고 그려보았다. 지금 가려는 길이 내 길이 맞는지 아니면 잘못 들어선 길은 아닌지. 아무리 페달을 밟아도 답은 보이지 않고 체인의 구슬만큼 질문만 소년을 칭칭 감았다. 특별할 것 없는 시간들이 지나고 제주도에 도착해 5일간의 일주 일정이 시작되고 둘째 날, 사려니숲길 입구에 막 도착해서 쉬고 있을 때였다. 반대편에서 자전거를 탄 여자가 소년 앞에 와 멈추고는 길을 물었다.

"저, 실례지만… 가까운 자전거 수리점이 어디 있어요?"

여자가 탄 MTB 자전거의 브레이크 부분에 이상이 생겼다는 것이다. 너무 막막하던 차에 소년의 자전거가 보여 반가웠다는 얘기도 했다. 소년은 자신이 오는 길에 보지 못했으나 수리점까지 잠시 동행해 주겠다는 부탁하지 않은 답변까지 덧붙였다. 여자의 경상도 내륙 지역 억양이 소년의 마음을 흔들었다.

"사려니숲의 전설을 아세요?"

어미를 '알아예'나 '아능교'로 끝내지 않은 사투리는 처음 들어본 소년은 자꾸 웃음이 나오려 해 부끄러웠다. 아까는 그토록 뜨겁던 그 길이 하나도 무덥지 않았다. 서로의 신상을 묻고 답하지 않았는데도 소년은 가슴 한편을 내어주고 있었다. 소년은 조용했고 여자는 명랑했다. 자전거 수리점부터는 서로의 일정을 존중해 연락처만 주고받고 헤어졌다. 사실 존중했다기보다 소년은 그녀에게 추후 일정을 동행하자 설득할 용기가 없었다. 그 후 2주간의 여행을 무사히 마치고 돌아와 소년은 여자에게 연락을 했고 그녀도 안부를 전했다.

"집이 경주라고 했지, 사는 곳은 말 안 했는데요. 호호호."

여자는 무엇이 그리 재미있는지 깔깔 웃었다. 집이랑 사는 곳이 뭐가 다를까 소년은 의아했지만 이내 알아차렸다. 여자는 서울에서 여대를 다니고 있었고, 친한 친구 셋이서 재충전을 위해 동반 휴학 중에 자전거 여행을 떠난 거라고 뒤늦게 알려주었다. 소년은 여자의 적극적인 모습이 부럽고 좋았다. 두 사람은 하루가 멀다 하고 만났고 그때마다 소년은 구름 위를 달렸다. 아무 일 없이 마냥 좋을 것 같던 관계는 크리스마스를 며칠 앞둔 어느 날 작은 말다툼으로 끝이 났다. 아무리 생각해도 그 갈등의 원인을 소년만 여전히 모르고 있었다. 그저 마지막에 여자가 던진 한마디만 희미하게 남아있을 뿐이다.

"넌 왜 생각 없이 기분으로만 행동하니?"

소년은 별생각 없이 한 말이 이별이 될 줄은 몰랐다. 사흘 후 소년이 여자에게 전화를 걸어보았지만 받지 않았다. 그로부터 일주일이 지난 어느 새벽, 한통의 짧은 문자가 소년의 전화기 액정에 떴다.

"제겐 기분도 생각이에요. 미안해요."

***

아침부터 소리 내어 읽을거리를 찾는 건 소년의 일과가 시작되었음을 의미한다. 하루 중 가장 먼저 하는 일이 그 사람의 아이덴티티와 연관 있다고 소년은 믿어왔다. 일어나 세수도 하지 않고 피아노 앞에 앉는다면 음악을 하는 사람이고, 눈을 뜨자마자 졸린 눈을 비비며 전화기를 들고 누군가에게 안부를 묻는 문자를 보내고 있다면 분명 사랑에 빠진 사람일 것이다. 반복되는 행위는 그를 그 습관과 가장 가까운 인간으로 만들어 준다. 결국엔 그 일이 일상으로 침투해 삶을 송두리째 장악할 것이다. 컨디션이 좋은 날이든 그렇지 않은 날이든 소년은 하루도 빠뜨리지 않고 이 루틴을 지켜왔다. 목소리도 악기가 아닐까. 매일의 습도에 따라 기타 조율이 필요하듯 목소리도 매일 감정과 몸 상태에 따라 변하기에 조율이 필요하다. 소리 내어 읽는 것이야말로 목소리 조율이었다. 아침마다 신문 기사를 분야별로 나눠 월요일에는 정치면, 화요일에는 경제면, 수요일에는 사회면, 하는 식으로 토요일까지 다르게 읽었다. 이는 지루함을 피하기 위해서라기보다는 분야별로 특수한 발음들이 연습에 영향을 주었기 때문이다. 예를 들면, 경제면 기사에서는 숫자 읽기가, 스포츠면에서는 외래어나 외국 선수 이름들이 발음 연습에 직접적인 영향을 끼쳤다. 읽을 때에도 어떠한 기교를 넣은 읽기가 아니었다. 그저 한 음의 건반을 스타카토로 연주하듯 한 음 한 음을 정확하게 내는 것에 주안점을 두었다. 오늘 문화면 기사에서는 이런 문장을 읽으면서 헷

갈렸다.

'과거의 전철을 밟지 말고 새로운 문화 기획을 마련해야'에서 '밟지'의 발음이 '발찌'인지 '밥찌'인지 모호했다. 소년은 익숙한 발음으로 선택해 읽고는 녹음된 음성을 다시 복기하며 표준 발음 사전을 찾아보니 '밥:찌'로 나와 있어 형광펜으로 표시했다. 겹받침의 발음 내는 방법을 가나다순에 앞서는 자음을 대표음으로 발음한다고 알고 있었는데 '밟다'는 예외인 걸 깜빡 잊었던 것이다. 소년은 다소 불만이었다. 지하철에서 누군가 내 발을 밟는다면 '제 발을 밥:찌 마세요'보다는 '제 발을 발찌 마세요'라고 자연스럽게 나올 것 같은데, 언중이 많이 사용하는 말이 표준 발음이 되어야 하는 것 아닌가 했다. 아무튼 '밟다'는 꼭 틀리지 않기로 발음 노트에 적으며 다짐했다. 반드시 연습엔 녹음을 병행했다. 자신의 목소리를 지금 이 순간 자신이 온전히 듣지 못하게 신은 만들었으니. 왜곡된 목소리를 자신의 목소리로 오해하지 않으려면 기계를 통해 들어야 했다.

***

"어떤 규칙적인 패턴을 익히는 것이 기술이라면, 시 낭송은 그 반대편에 서있다고 봅니다. 그렇지 않다면 낭송은 그 매력의 범주가 개인이나 유사하게 향유하는 작은 무리에서 벗어나지 못할 겁니다."

최근 어느 신문사 문화부 기자와의 인터뷰에서 '시 낭송은 기술인가 예술인가'의 질문에 노인은 이렇게 답변했다. 수많은 시를 낭송하면서 매번 다르게 표현하는 것도 기술로 접근한다면 불가능하다는 얘기였다. 시인이 자신의 시집에 실린 시들의 패턴을 가지지 않듯 시 낭송가도 유사한 패턴의 유혹에 굴복하지 않아야 관객은 신선하다고 느끼게 된다는 말이다. 그렇다면 항상 새롭게 느끼게 하는 것이 가능할까, 라는 질문에 노인은 그러하다고 주장하며, 그렇지 못한 낭송가들을 '카사노바 낭송가'라고 불렀다. 이 여자에게 "사랑해"라고 고백한 말을 다른 여자에게 "사랑해"라고 똑같이 말하는 것과 같다고 했다. 그것은 두 여자의 개별적 존재 가치를 부정하는 것이라고. 청자를 고려하면서, 전달하고자 하는 메시지의 특수성을 고민해서 낭송해야 한다는 노인의 낭송 철학이었다.

"낭송 무대에서는 시 선택의 스펙트럼을 확대해야 합니다. 특히 젊은 시인들의 시는 낭송 무대에서 좀처럼 만나기 힘든데, 이는 난해함과 운율이 없다는 것을 그 이유로 들어 낭송가들이 선택을 기피해서입니다. 시가 어렵다는 것은 개인적인 관점의 차이니 차치하고라도, 운율이 없다는 것이 낭송을 불가능하게 하냐는 생각해 볼 문제입니다. 시가 노래이고 운율이 낭송을 용이하게 하는 부분이 있는 것은 사실입니다. 하나 부레가 없다고 물속에서 헤엄을 치지 못하는 건 아니죠. 심지어 상어는 부레가 없는 어류입니다. 그렇기 때문에 가라앉지 않으려면 부지런히 헤엄을 쳐야 하는 숙명이죠. 시 낭송이 불가능한 시가 있는 것이 아니라 그 불가능에 도전하지 않은 낭송가들이 있을 뿐입니다."

노인의 인터뷰는 뒤로 갈수록 현 낭송 문화에 대한 비판으로 거세졌다. 어조는 높아지지만 거부감보다는 애정이 더 강하게 묻어 있었다.

우연히 신문을 통해 노인의 인터뷰 내용을 접한 소년의 머릿속에 궁금한 점들이 공기 방울처럼 떠올랐다 사라졌다. 젊은 시인들의 시는 소년도 시도하다가 포기한 적이 많았다. 낭송이 어려운 문장도 있었지만 어떻게 무대에서 전달해야 하는지 막막해서다. 그 부분을 노인에 묻고 싶던 차에 이 기사를 만나니 반갑기도 하면서 다시 호기심이 끓어올랐다. 그러나 약속 시간에 늦지 않으려면 우선 서둘러 집을 나서야 했다.

***

이날 시치미 모임의 모습은 여느 때와 달리 격정의 난상 토론장이었다. 지난 시간에 리더가 시 낭송 카페에서 예고한 낭독과 낭송에 대한 이야기가 여기서 불붙은 것이다. 여러 목소리가 겹치고 엉켜서 소년의 기억에 남은 것은 일부였다.

"낭송은 낭독의 상위 개념이 아니라는 거죠?"

"네, 그렇습니다. 아까도 언급했듯이 외우냐 외우지 않느냐의 기준이 아니라는 겁니다. 그것은 외워서 하는 연극배우의 연기는 연기이고 대본을 보면서 라디오 드라마를 연기하는 성우의 연기는 연기가 아니라고 말하는 것과 같습니다. 어느 것도 우위에 있다고 말할 수 없습니다. 무대에서 육체를 드러내고 연기하는 것과 부스에서 드러내지 않고 연기하는 것의 차이일 뿐이죠."

"그럼 본질적인 차이가 무엇일까요?"

"가장 큰 차이점은 시선에 있다고 봐요. 낭독은 시선이 텍스트에 있는 반면 낭송은 청중을 향해 있죠. 물론 제2의 시선은 둘 다이미지로 향합니다. 이는 단순한 외형상의 차이뿐 아니라 서로가지향하는 방향을 가리킵니다. 낭독은 독백의 언어이나 낭송은 선언의 언어, 고백의 언어입니다. 낭독과 낭송은 궁극적으로 추구하는 것이 달라요."

"이번 시 낭송 대회의 본선에서 낭송과 낭독을 동시에 치르는 방식을 선택한 이유가 뭐라고 생각하세요?"

"기존의 낭송 대회는 오로지 자신이 외운 한 작품만을 무대에서 선보이는 방식입니다. 이 대회는 전통적으로 낭독과 낭송을 동시에 심사하는데요, 이는 낭송만으로는 출전자들의 기본기와 감성의 정도를 측정하기 어렵다는 판단을 한 겁니다."

"낭송만으로도 감성이 표현되지 않나요?"

"어떠한 기준점을 정해놓고 반복 훈련한 감성은 박제된 감성이라고 저는 생각해요. 감성의 특성은 '현재성'에 있다고 보는데요, 대체로 낭송 대회에서의 낭송은 하나의 롤 모델을 두고 거기에 가깝게 구현하는 것에 집중하는 경우가 허다해요. 그러다 보니 정작 스스로도 무대에서 시에 대한 감동을 맛보지도 못한 채 내려오기도 합니다. 처음 시에 대한 감흥이 무대에 서는 순간까지도 다른 모습으로 새롭게 내 안에서 꿈틀거려야 하는데 말이죠. 이미 낡고 익숙해져 버린 낭송은 고운 소리만 남기고 공허하게 휘발되고 맙니다."

"낭독의 어떤 부분이 평가에 있어 변별력을 주나요?"

"낭송도 그렇지만 낭독의 기본은 읽기입니다. 의미를 전달하는 능력이 전제됩니다. 낭송이 이야기를 담아내는 것에 집중하는 반면 낭독은 오라(aura)를 형성하는 데 적합한 방식입니다. 앞에서도 말했지만 낭독은 독백에 가깝습니다. 목소리를 크게 내지 않으면서 깊은 울림을 줄 수 있어야 합니다. 시선이 활자에 가있지만, 보이지 않는 눈은 낭독자의 내면으로 향하는 거죠. 끊임없는 자신과의 대화를 통해 가장 은밀하고 고귀한 부분을 길러내어 청자에게 들려지는 것이 아닌 보이게 하는 것입니다. 그러니 적극적으로 드러냄의 낭송과는 달리 낭독은 감춰짐을 엿보게 하는 거죠. 완전히 방향성이 다릅니다. 이번 낭송 대회는 이 부분에 주목한 거죠. 두 가지 능력이 균등해야 시 낭송가로서의 자격이 된다고 판단한 겁니다."

여기서부터는 듣고만 있는 멤버들도 끼어들어 질문과 자기 생각들을 던졌고, 리더는 그것을 받아 정리해 주었다. 마침내 이해했다고 생각할 때, 그것은 어쩌면 순전히 자기 방식의 이해인지도 몰랐다. 이해한다고 고개를 끄덕거리는 멤버들을 보고 리더는 상당 부분 오해를 하는 것일지도 모른다고 생각했다. 그는 인간의 인지 능력은 어떠한 충격이 가해져야 비로소 기존의 틀에 틈이 생긴다고 믿었다. 그러나 그것도 잠시뿐이니 너무 안심할 수도 없는 노릇이라고. 오늘은 낭독이 낭송으로 가는 하나의 중간 단계라고 여기는 편견만 바꿔주었다면 그것으로 족하다고 여겼다.

4장

사이를 생각하는 시간

노인은 대한 시 낭송 협회에서 주최하는 공청회에 참석하기 위해 서둘러 집을 나섰다. 시 낭송가뿐 아니라 각계각층의 인사들이 모여 의견을 주고받는 자리였다. 주제는 '시 낭송 대회, 이대로 좋은가'였다. 부쩍 늘어난 시 낭송 문화에 대한 관심 때문인지, 마련된 자리는 입추의 여지가 없었다. 가장 큰 이슈는 '시 낭송가의 대회 출전이 형평성에 어긋나는가'였다. 현재 대부분의 시 낭송 대회는 시 낭송가 인증서를 받은 이들의 출전을 금지하고 있었다. 그러나 대회마다 우수자에게 부여된 시 낭송가 인증서는 해를 거듭할수록 남발되어 몇 차례 부지런히 출전하다 보면 쉽게 획득할 수 있을 정도였다. 그러다 보니 이른 시기에 인증서를 받은 시 낭송가들은 무대에 대한 갈증이 커질 수밖에 없는 것이다. 물론 그 제약을 없앤 대회가 있기도 하지만 적절한 기준과 유연한 변화가 필요한 때임은 분명했다. 어수선한 장내는 사회자의 정중한 인사말로 이내 정리되었고, 패널들도 착석해 자신의 명패에 적힌 직책에 어울리는 표정을 가다듬고 있었다.

"최근에 급증하는 시 낭송 대회를 통해 무수히 많은 시 낭송가들이 배출되는 것은 무척 고무적이라 할 수 있겠습니다. 이는 시 낭송 문화의 대중화와 보급에 큰 기여를 하기 때문입니다. 남녀노소 누구나 쉽게 접할 수 있는 시 낭송은 바야흐로 대중문화로 자리를 잡아가는 것으로 보입니다. 우리는 이 지점에 주목할 것들이 있음을 감지했습니다. 더 큰 도약을 위한 하나의 성장통일 것입니다. 수적으로 커지는 만큼 질적으로 성장하기 위해서는 배출된 시 낭송가들의 무대 도전을 어떻게 독려하고 제시해야 하는지가 문제인데요. 이는 보다 나은 시스템이나 대안적 방식이 제시되어야 할 것으로 보입니다. 여러 패널뿐 아니라 참석하신 모든 분들이 귀한 의견들을 제시하고 서로가 지혜를 모으는 자리가 되길 바랍니다."

사회를 맡은 이는 무척 젊어 보였다. 자신도 시 낭송가이며 최근엔 시 낭송가 인증서 보유자의 참가 제한에 걸려 2년째 대회를 나가지 못하고 있다고 볼멘소리를 했다.

그러자 지역에서 시 낭송 대회를 주최하고 있는 실무자라고 소개한 여성이 단호하게 반대의 의견을 피력했다.

"시 낭송가가 되었다는 것은 이미 실력을 인정받았다는 뜻입니다. 제한을 두지 않으면 그들만의 무대가 되고 상금은 그들이 독식하게 됩니다. 상을 받는 사람은 계속 받게 될 것이고, 새로 도전하는 이들은 수상에 어려움을 겪게 됩니다. 빈익빈 부익부 현상이 시 낭송 대회에서 일어날 수 있기에 지금처럼 제약이 있어야 합니다."

나이가 지긋해 보이는 한 남성은 직전에 말한 두 사람의 목청을 합한 것만큼 큰 목소리로 말했다.

"저도 앞서 말씀하신 선생님의 의견에 동의합니다. 이미 시 낭송가가 되었다면 그들만의 무대를 만들어 올리면 되는 것이죠. 경쟁에서 검증받은 실력을 상금 경쟁에 악용하는 것은 염치없는 일이라고 생각합니다. 시 낭송가 인증서를 받기 위해 노력하는 이들의 기회를 박탈하는 일이니 절대 막아야 해요."

패널의 분위기는 반대 의견이 우세한 듯 보였다. 노인은 눈을 지긋이 감고 경청하고 있었다. 그때, 옆에 앉아있던 온화한 인상의 중년 남성이 마이크를 자신의 앞으로 끌어당겼다.

"최근에는 부분적으로 시 낭송가들에게 기회를 부여하는 대회들이 생기고 있습니다. 예를 들어 저희 지역에서 매년 개최하는 대회는 이곳 출신의 시인을 기념하는 이름을 달고 있습니다. 몇 해를 거치면서 집행부에서 의견이 나오기 시작했습니다. 보다 수

준 있는 참가자들의 도전을 통해 우리 시인을 널리 알리는 데 지금 조건이 방해물이 되는 건 아닌지 말이죠. 그래서 작년에는 한 차례 개방한 적이 있는데 무척 반응이 좋았습니다. 게다가 여느 해보다 수준 높은 대회였다는 평이 많았죠. 대회의 수준은 무엇보다도 참가하는 분들의 실력이 좌우한다고 느꼈습니다. 저희는 이삼 년에 한 번씩은 오픈 대회로 운영할 예정입니다. 보완을 한다면 이상적인 방식도 가능하다는 의견입니다."

절충안을 제시하는 것은 신선하게 들렸다. 여전히 오픈 대회의 타당성은 뜨거운 여론에 비해 공론에서는 힘을 드러내지 못하는 듯했다. 이때 노인이 오른손을 가볍게 들고는 사회자로부터 발언권을 얻었다.

"근래 들어 시 낭송 대회에 대해 곰곰이 생각해 보게 됩니다. 현재 대다수의 대회가 진행하는 일괄적인 형태의 방식이 이상적인가에 대해서 말이죠. 예선을 치르고 걸러진 수십 명이 본선을 치릅니다. 시 한두 편을 준비해 대회를 임하는 방식은 변별력도 낮으며 결과에만 집중하게 하는 부작용이 있는 것이 사실입니다. 그렇게 무대 경험이 많은 이가 유리해지니 지금의 문제 제기가 나온 것이죠. 근본적으로 현 방식이 아닌 토너먼트식으로 바꾸어야 한다고 봅니다. 적어도 대회 우승자는 심사위원이 아닌 대회를 지켜보는 청중에게 인정받아야 합니다. 그러려면 과정이 치열하고 매력적이어야 하죠. 한두 편의 시로 숙제 검사하듯 엄숙하게 치르는 것이 아니라 전략적으로 준비한 다섯 편의 시로 매 대결마다 긴장과 감동을 연출하게 해야 합니다. 결국 낭송 스타가 대회마다 나오게 되며, 이들을 다시 보고자 다음 대회를 기다리는 분위기가 형성될 겁니다. 지금은 어떻습니까? 대상을 받는 순간 운신의 폭은 좁아집니다. 잠시 부러움은 받을지 모르나 더 많은 무대에 설 기회는 역설적으로 줄어드는 게 현실입니다. 또한 시 한두 편으로 이 대회 저 대회를 돌며 상금만을 노리는 병폐도 방지할 수 있으며, 대회의 개성과 품격도 한층 높아지리라 확신합니다."

노인은 차분하고 낮은 목소리로 참석한 이들의 눈과 귀를 집중시켰다. 한편에서는 환호 섞인 박수가 터지기도 했다. 노인의 발언은 다음 날 신문 지면에 대서특필되었다. 시 낭송 대회의 새로운 대안을 제시한 노인의 발언과 함께 분석 기사까지 풍성하게 실렸다. 심지어 임기가 절반도 지나지 않은 대한 시 낭송 협회 차기 회장으로까지 거론된다는 추측 기사까지 보였다. 노인은 하루 종일 울리는 휴대전화를 외면한 채 생각에 잠겨 한참 동안 창밖을 바라보았다.

***

소년은 지난 시 낭송 모임을 다녀오고 나서 마음이 혼란스러워 집중이 되지 않았다. 걱정이 있는 것도 아닌데 말이다. 원인을 알수 없어 더욱 답답했다. 대회 본선을 차근차근 준비하면 될 터인데 무엇이 문제일까. 마침 일정도 없어 불쑥 노인에게 식사를 하자고 연락했는데, 그러자고 곧장 답변이 왔다. 노인에게 식사를 대접하면서 기분이나 전환하자는 요량이었다. 그리고 나면 지금의 상태가 조금은 나아지지 않을까 하는 게 그나마 노인을 만나는 이유였다. 소년의 답답한 마음과 달리 거리에 부는 바람은 여름답지 않게 선선했다.

　노인의 집에 도착할 때까지 갈피를 잡지 못한 소년의 고민은 속은 빈 채 껍데기만 눈덩이가 되어있었다. 노인은 소년을 반갑게 맞아주었다. 소년이 쭈뼛거리며 서있자 노인은 더운 날 이렇다 할 바깥 음식이 마땅찮아 집에서 간단히 준비했으니 들어오라고 재촉했다. 소년의 계획과 어긋나 다소 난감했으나, 정류장에서 걸어오면서 뜨거워진 몸을 에어컨 바람이 감싸고 돌자 자연스럽게 몸이 실내로 기울었다. 노인의 어깨너머 식탁 위에 수저와 간단한 밑반찬이 가지런히 놓여있는 걸 보니 갑작스레 제안한 말은 아닌 듯했다. 노인이 앉아있는 소년 앞으로 선풍기를 가까이 밀어주었다. 미풍으로 눌려져 있었으나 시원했다. 에어컨 바람이 방 안 전체를 장악하니 선풍기는 돌아가는 흉내만 내도 그 위력이 만만치 않았다. 소년은 몸이 편안해지자 마음도 덩달아 편해졌는지 눈앞에 장난감을 발견한 아이처럼 말을 꺼냈다.

"요즘 시 낭송이 별로 재미없어요. 예전처럼 즐거운 마음이 들지 않아서 힘들어요."

소년은 "그런 말이 아니었는데…" 하고 덧붙이면서, 뱉어버린 말을 수습하느라 표정이 뒤따라 움직이는 걸 스스로 알아차리고 멋쩍었다. 어느덧 노인은 소년에게 이토록 미더운 존재였다. 노인은 가만히 듣더니 그럴 수 있다는 듯 두어 차례 고개를 끄덕이더니 몸을 비스듬히 옆으로 젖혔다.

"시만 생각해서 그래."

소년은 시 낭송하는 사람이 시를 생각하지 뭘 생각하느냐고 반박하려는데, 노인이 말을 이어갔다.

"그동안 열심히 달려왔나 보군. 그런 고민도 노력한 자만이 가질 수 있는 거니까."

노인은 일어나 서랍을 열고는 펜과 종이를 가져와 소년 앞에서 한글로 '궁'이라고 크게 쓰고는 종이를 돌려 앞에 놓았다.

"내가 돌아올 동안 눈을 떼지 말고 바라보고 있게."

잠시 후, 노인은 쟁반에 받쳐 들고 온 물을 각자의 앞에 내려놓으며 무엇으로 보이냐고 물었다. 소년은 숨겨진 노인의 다른 의도가 있을까 주저하다가 있는 그대로 답했다.

"얼핏 보면 쉽게 읽히고 인식되지만, 한참 응시하다 보면 금세 그 의미는 사라지고 글자의 모양만이 어른거리게 되지. 그러다가 모양에 심취하면 그 글자의 발음까지도 무엇이었는지 잊기도 해.

하지만 놀랍게도 단어들과 연결된 문장 사이에서는 길을 잃지 않는다네."

소년은 알 듯 말 듯했으나, 노인이 말하는 내내 글자를 보고 있자니 이내 그 변화가 느껴졌고, 마침내 그럴듯하게 느껴졌다.

"어느 시인이 이렇게 말한 적이 있지. 시인은 오로지 시만을 생각하고 정치가는 오로지 정치만을 생각한다면 이 세상이 낙원이 될 것 같지만, 사실은 시와 정치의 사이를 생각하는 사람이 없으면 다만 휴지와 권력이 남을 뿐이라고."

소년의 입에서 탄식이 터져 나왔다. 노인이 무엇을 말하려는지 조금은 알 것도 같았다.

"시 낭송을 더 잘 바라보려면, 아니 시 낭송을 더 즐겁게 하려면 말일세, 시 낭송과 동떨어진 무엇으로의 관심이 지속적으로 보장되어야 한다네. 그러니까 집에만 있어서는 자네가 누구인지를 알 수 없듯이 말이야. 그래서 여행을 하는 거고. 풍경을 보기 위해서가 아니라 자신을 만나기 위해서라도."

식사가 준비되었다는 소리에 두 사람의 대화는 더 이상 이어지지 못했다. 간단한 식사라더니, 열무 국수에 육전을 곁들인 식탁에 앉자 소년은 시장기가 올라왔다. 소년은 노인의 집에서 나오면서 위장의 포만감만큼이나 컸던 비밀스러운 고민의 체중이 해소됨을 느꼈다. 돌아오는 길에 노인이 말한 대로 여행을 갈까도 생각했지만 간접적인 여행으로 독서도 좋겠다 싶어 서점에 가서 철학, 건축, 미술 등 각종 분야의 책들을 구입했다. 평소에 소년이 자신과는 무관하다고 여겨 관심을 갖지 않던 책들이었다.

소년은 조용히 책을 읽을 장소를 찾다가 '잠시 멈춤'이란 뜻을 가진 영어 간판을 단 찻집에 들어갔다. 가운데 단어 알파벳 옆에 손잡이를 그려 넣어 찻잔을 형상화해서 의미보다는 이미지가 눈에 띄는 곳이었다. 맞은편에 우람하고 반듯한 대형 프랜차이즈 카페가 있으나 썩 내키지 않았다. 어딜 가나 통일된 맛이 누군가에겐 매력일지 몰라도 소년에게는 치명적인 약점으로 다가왔다. 우연을 허용하지 않는 규격의 것들은 생물이든 무생물이든 정이 가지 않았다. 테이블마다 의자의 형태가 달라서 위치보다는 독서하기 편한 자세를 상상해 자리를 잡고 메뉴판을 살펴보았다. 들어오면서 찬 음료를 마시려 했다가 지나치게 냉방이 되고 있는 것에 이내 마음이 바뀌었다. 따뜻한 음료 항목에 보이는 낯선 메뉴가 눈에 들어왔다. 쌍화차. 이름도 생소하고 그 맛도 궁금해 물었다.

"실례지만, 이건 한약 같은 건가요?"

"재료는 한약재이지만 맛은 쓰지 않아요. 저희가 백작약, 감초, 대추, 황기, 당귀 등을 직접 구해서 달인 거예요. 요즘 같은 날씨에 원기회복에 좋은 차지요."

주인이 언급한 재료의 구성보다 친절하게 내미는 넉넉한 미소

가 음료에 대한 신뢰를 주었다. 주문을 하자 계란 노른자가 보름
달처럼 동동 떠있는 차가 투박한 작은 항아리 모양을 한 잔에 나
왔다.

　쌍화(雙和).

　두 개의 서로 다른 것을 화합한다. 음과 양의 기운을 조화롭게
하는 차라는 것일 테다. 차 이름에 재료가 아닌 기능과 의도가 들
어 있는 것도 인상적이었다. 소년은 차를 한 모금씩 입에 댈 때마
다 책 속 저자의 이야기에 빠져들었다. 축구를 좋아하던 청년은
어느 날 헌책방에서 발견한 유명한 건축가의 화보집을 보고 매료
되어 그 건축가를 만나러 무작정 여행을 떠난다. 도착하고 보니
건축가는 이미 한 달 전에 세상을 떠났다. 이 대목에서 소년은 차
를 한 모금 마셨는데 잣의 묵직한 먹먹함이 입 안에 맴돌았다. 크
게 실망한 청년은 그 길로 유럽의 건축물을 둘러보는 여행으로 방
향을 선회한다. 무수한 건축물들을 눈으로 한껏 담아 온 청년은
귀국 후에 독학을 하며 건축사무소를 개업하기에 이른다. 또 한
모금 들이켜자 이제는 달큼한 대추가 씹히며 입맛을 돋우었다.
정규과정을 경험한 적이 없는 청년의 건축 양식은 파격 그 자체였
다. 지어 올릴 때마다 외형부터 동선까지 전에 보지 못한 구조의
건축물이라는 찬사가 쏟아졌으나 조롱 섞인 평가들도 없지 않았
다. '건축계의 괴물 탄생', '건축계의 이단아' 등 유별나다는 표현의
별명들이 그의 이름에 따라붙었다. 그가 건축계의 노벨상이라 불

리는 프리츠커상을 받게 되자 그를 바라보는 세상의 태도는 달라졌고, 이내 거장의 반열에 오른다. 소년은 마지막으로 한 모금을 마시며 아껴둔 노른자를 차와 함께 입 안에서 머금고 굴려보았는데 비릿하지 않았다. 이때 거장의 메시지가 파편처럼 눈에 들어왔다.

바로 그 장소, 바로 이 시대가 아니면 불가능한 건축을 짓는다.
현재의 공간을 어떻게 생각하고 있는가를 늘 고민한다.
건축은 밖에서 보는 형태보다 안에서 겪는 체험이 중요하다.
중요한 건 건축의 배후에 있는 건축가의 의지….

소년은 가만히 합장하듯 책을 접었다. 그리고 눈을 감자 머금은 쌍화차와 건축가의 메시지가 뒤섞여 색다른 맛이 느껴졌다. 그것이 차의 풍미인지 건축가의 신념인지 알 수 없었다. 어쩌면 둘 다가 버무려지고 있는지도 몰랐다. 차가 온전히 목구멍으로 넘어가자 다른 생각들이 스멀스멀 아지랑이처럼 올라오는 것을 느꼈다. 시 낭송도 그런 것이 아닐까. 지금이 아니면 안 되는 유일한 낭송을 무대에 올리고 있는가. 낭송 자체에 집중하느라 낭송하는 내면의 상태를 소홀하게 다루지는 않았는지…. 세상 어떤

낭송 관련 서적을 보아도 느끼지 못했던 감흥이 낯선 건축가의
자서전을 보면서 밀려오고 있었다.

***

"가끔은 야구선수가 부러울 때가 있어요. 누군가 공을 던져주
면 헛스윙을 하든 홈런을 치든 할 텐데. 오지도 않는 편지에 날마
다 답장을 쓰는 기분이랄까. 텅 빈 원고지 앞에서 절망하고 막막
한 적이 너무 많아요. 그건 작가의 숙명 같아요."

소년은 한 분야에서 대가의 반열에 오른 이의 인터뷰 방송을
휴대전화로 보고 있었다. 진행자는 글쓰기에 대한 비법을 물었
다. 초대 손님은 대한민국 국민이라면 적어도 그의 책을 읽지는
않았더라도 제목은 모르는 사람이 없을 정도로 유명한 작가였다.
여전히 한 해가 멀다 하고 새 책을 출간하는 왕성한 현역 작가이
기에 그의 답변은 겸손의 얼굴을 한 엄살처럼 들렸다.

"날마다 글을 쓴다는 건 산을 오르는 일이에요. 이미 올라봤다
고 해서 다음번이 수월하진 않아요. 어제의 산은 오늘의 산과 달
라요. 분명한 건 한 발 한 발 땅을 밟아야 정상까지 간다는 사실
뿐이죠."

소년도 같은 경험이 있었다. 같은 시를 가지고 일주일 동안 공
연한 적이 있다. 매일 다른 관객들, 다른 날씨, 다른 기분, 다른 몸

의 상태는 다른 무대를 만들어 냈다. 같은 라인업으로 다른 스토리를 담아내도 흥미로운 무대가 되었다. 작가와 가장 근접한 행위를 소년도 하고 있는데, 바로 읽기다. 매일 아침 같은 산을 오르듯 소리 내어 읽지만, 할 때마다 다른 어려움을 실감한다. 어제 편했던 발음이 오늘은 자꾸 틀리기도 한다. 이럴 땐 연습이 늘 발전을 보장하는 건 아닌 듯했다.

"날마다의 습관은 그 자체만으로도 힘이 셉니다. 아무리 작은 행위도 매일 하다 보면 상상할 수 없는 결과를 만들어 내는 걸 글을 쓰며 실감하죠. 그래서 매일의 무너짐을 즐긴답니다."

'무너짐을 즐긴다고? 무너지는 건 실패인데, 그건 피해야 하는 게 아닌가.'

소년에게 부정성은 여전히 부담스럽다. 자신이 하는 행위가 창의적인 예술이기에 더욱 그렇다. 그러나 소년은 편한 긍정성보다 조금 불편한 부정성을 수용하려고 애썼다. 기존의 낭송 양식에 대해 불만을 품어야 개선을 위한 시도를 할 수 있으니 말이다. 익숙해지는 것을 경계하는 건 이런 이유에서다. 소년은 낭송이 편해질 때마다 라인업을 수정했다. 몸은 불편하지만 마음은 편했다. 불확실성이 무대를 진부하지 않게 이어가는 가장 확실한 도구임에는 틀림이 없었다.

***

한 달에 두 번 열리는 시민 문화 아카데미 시 낭송반은 노인이 공을 들이는 수업이었다. 수강하는 계층도 여고생부터 칠순의 공직 은퇴자까지 다양했다. 노인이 진행하는 시 낭송 특강은 자유로운 분위기에 권위적이지 않았고, 수강생들을 특별하게 만드는 힘이 있었다. 시옷 발음이 잘 되지 않는 30대의 회사원이 단점을 고백한 적이 있다. 타인 앞에서 말하기가 두렵다고도 했다. 스피치 학원에도 다녀봤지만 소용이 없더라는 이야기도 덧붙였다. 노인은 최대한 여러 발음들을 점검하기 위해 사소한 질문들을 두어 차례 하고는 물었다.

"혹시 막내인가요?"

회사원은 눈을 크게 뜨고는 "그렇습…, 아, 맞아요"라고 최대한 시옷 발음을 의식하며 말을 고쳐 답했다. 노인도 처음에는 구강구조의 문제일 수도 있다는 전제로 그가 말하는 모습을 지켜보았지만 문제가 다른 곳에 있음을 이미 눈치 채고 있었다. 어미 처리며 말투며 억양에 어리광이 묻어 있었다. 노인은 커다란 모니터에 준비한 자료의 화면을 띄웠다. 스미스, 스타벅스, 서쪽 방향의, 산타 모리스 등 온통 시옷투성이인 문장으로 구성된 예문이었다.

"활자에 집중하지 말고, 그림을 떠올리며 읽어보세요."

처음에는 쭈뼛거리더니 회사원은 한 문장 한 문장을 영사기로 화면을 비추듯 읽어나갔다. 조금 전에 대화를 나눌 때보다 현저히 느린 속도로 전체를 읽어 내려간 그는 수줍은 듯 뒷머리를 긁으며 자리에 앉았다.

"어땠나요?"

노인이 물었다.

"잘 모르겠어요. 제가 어떻게 읽었는지도 생각이 나지 않아요."

회사원은 자신이 맨 붉은 넥타이와 같은 얼굴빛으로 대답했다. 노인은 그사이에 회사원이 눈치 채지 못하게 휴대전화로 녹음한 파일을 강의실 음향시스템에 연결했다. 자신의 목소리가 한결 큰 소리로 스피커를 통해 나오자 회사원의 얼굴은 아까보다 더 붉어졌다. 자신의 목소리를 이런 식으로 들어본 것은 처음이었다.

"여러분! 시옷 발음에 집중해서 들어보세요."

굳이 노인이 그렇게 말하지 않아도, 하나 건너 하나씩 시옷이 나오는 문장들이었다. 문장이 흘러나올 때마다 곳곳에서 감탄이 터져 나왔다. 몇 개의 발음이 연음법칙을 무시하거나 구개음화하지 않아 완벽하지는 않았지만 시옷 발음에 있어서는 이전의 회사원이 아니었다.

"우리는 때로는 자신이 정해놓은 생각에 갇히기도 합니다. 그리고 문제를 외부에서 찾으려 하죠. 병원에 갔다면 애꿎은 설소대가 잘렸을지도 모를 일입니다. 물론 실제로 혀가 짧아서 발음이 안 되는 경우도 있습니다. 대체로 실제의 혀보다 자신을 제대로 바라보는 관심이 더 짧아 소리가 온전하게 나오지 않는 경우가 더 많죠. 저분에게 그 틀에서 벗어 나온 것을 축하하며 지속적으로 스스로에게 용기를 가지라고 박수 부탁드립니다."

수강생들은 자신의 일인 양 넉넉한 미소를 회사원에게 던지며 박수를 쳤다. 회사원은 일어나 연신 몸을 숙이며 동서남북으로 몸을 돌려 인사했다.

"감사합니다. 고맙습니다."

박수 사이로 들리는 회사원의 시옷은 강의실 유리창처럼 투명하고 선명한 시옷 발음이었다.

***

이른 아침에 좁은 골목길을 따라 산책하는 일은 소년에게 중요한 일과 중 하나였다. 소년의 '쓸모가 없어 보이나 꼭 해야 하는 일' 중 으뜸이다. 사람마저도 쓸모가 있어야 존재 가치가 있는 요즘 세상에 소년은 거꾸로 살아가는 것처럼 보일지도 몰랐다. 그의 쓸모없는 행위는 이것뿐만이 아니었다.

소년은 혼자 침대에서 생활하고 있다. 아침에 눈을 뜨면 제일 먼저 이불을 개는데, 소년이 하루 중 가장 진지한 시간이다. 보통 사람들에게는 하찮고 단순한 행위에 불과하나 소년의 이불 개기는 의식을 치르듯 경건하기까지 하다. 이불의 네 귀를 정확하게 맞추고 접은 후 한 번 더 같은 이불귀를 맞추면 베개와 비슷한 크기가 된다. 마침내 이불 위에 얹어진 베개와 끝선을 맞추고는 속으로 이렇게 외친다.

'오늘의 첫 성공을 해냈어.'

이게 무슨 성공이라 할 정도의 일이냐고 비웃을지도 모르겠다. 소년은 스스로 만든 작은 기준의 성공을 맛보는 것이 더 큰 성공의 첫걸음이라고 여겼다. 날마다 하는 이불 개기지만 항상 맘에 들도록 네 귀가 맞지는 않아서 그날의 운세를 보는 기분이 들기도 한다. 그러고는 침대 머리맡 너머 창문을 열고 베란다에 있는 유일한 식물인 구아바 나무의 잎들을 만져본다. 풍성한 자태를 가지지 못한 탓에 자주 그 잎의 개수를 직접 세어보기도 한다. 매일 동일한 구아바가 아니다. 반려식물을 오래 바라보는 이는 잘 알 것이다. 제자리에 붙박인 식물일지언정 작은 성장과 함께 작은 시듦을 끊임없이 겪고 있다는 것을 말이다. 그것은 보는 이에게 식물과의 은밀한 소통처럼 느껴진다. 한참을 식물과 마주하는 것은 반려동물만큼 만족스럽다. 작은 부분의 교감과 깨달음이 있어야 큰 부분을 획득할 수 있다고 소년은 믿었다.

오전 일정이 없는 날이면 어김없이 골목 산책을 한다. 운동화 끈을 질끈 매면서 머릿속에서 보이지 않는 수첩 하나를 꺼낸다. 걷는 순간 두 다리는 펜이 되는 거짓말 같은 일이 일어난다. 그러니 미리 무형의 수첩을 펼쳐놓지 않으면 금세 사라져 버려 찾을 길이 없다. 놓친 적이 많아서 이제는 잊지 않는다. 실제 기록하지 않아도 머릿속에 백지를 펼쳐놓는다는 생각을 마련하는 것이 우선이다. 그것만으로도 기록을 습관화할 수 있다. 흥미로운 점은 구어체로 떠올리는 생각들이 자연스레 문어체로 기록된다는 사실이다. 정말이다. 그렇지 않고서야 다음과 같은 문장이 기록되어 남아있을 리가 만무하다.

'정답이 없는 행위를 한다는 것은 문제를 문제시하지 않는다는 말이다. 매뉴얼이 없으니 그릇된 방법이란 애초부터 없다. 누구나 동경하는 세계지만 들어가는 순간 미로의 게임. 그것을 즐길 것인가 초조해할 것인가. 모든 선택은 자신의 몫이다. 누구도 옳다 그르다 말해줄 수도 없었던 길이 내가 가는 순간 유일하고 옳은 길로 탈바꿈한다. 나의 길에서는 자주 돌아보아야 한다. 가끔 길을 잃을 수 있으나 결코 틀린 길을 가는 법은 없다. 적어도 온몸을 던진 길이면 더더욱.'

소년은 정해진 세상의 길과는 달리 조금 헤매도 나의 길을 걸어야 한다고 생각했다. 자신이 만든 리듬으로 걸음을 시작하고, 세상에 없는 곳을 가면서 길이라 여기고, 세상에 없는 지도를 스스로 그리며 가는 식으로…. 이렇게 결론을 내려다, 두 번째 블록을 지나갈 즈음 불만스러움이 치올라 머릿속 수첩에서 그 장을 찢어버렸다. 그런 기록과 삭제는 골목 산책을 하면서 수도 없이 일어나기에 대수롭지 않았다. 앉아서 하는 브레인스토밍보다 산책 글쓰기는 은근히 쓸모가 있었다.

5장

아름다운 감성 노동자

"시를 낭송할 때, 시인의 마음이나 입장이 되어야 하나요?"

"왜 그래야 하나?"

"그러면 낭송을 더 잘할 수 있지 않을까 해서요."

"그럴 수도 없고, 그럴 필요도 없다네."

"그럼 시를 잘못 전달할 수 있지 않을까요?"

"자네가 말하는 잘 전달하는 낭송이란 게 뭔가?"

"시인이 말하려는 의도를 잘 파악해서 알맞은 소리로 청자에게 듣기 좋게 전달하는 겁니다."

"과연 모든 시들이 의도를 품고 있을까? 어떤 마음의 풍경이거나 상태라면 어찌할 텐가. 게다가 듣기 좋게 전달한다는 것도 낭송이라는 단어가 주는 오해에서 기인한 것일 텐데, 다시 생각해 볼 필요가 있네. 자네는 고급 요리를 앞에 두고 주방장의 의도를 고민하진 않잖나."

"목소리는 낭송에서 중요하지 않나요?"

"왜 중요하지 않겠나. 하나 목소리를 드러내려는 순간에 시는 저 멀리 물러나게 되지. 또한 듣는 이에게 거부감을 줄 수 있음을 명심하게. 목소리는 여행 장소로 데려다 주는 수단인 자동차 같은 것이지. 여행의 추억을 떠올릴 때 교통수단은 너무 미미한 부분이 아니던가."

"선생님! 그럼 낭송의 역할이 무엇인가요?"

"음… 너무 많은데…."

"그렇게까지나요?"

"낭송을 수동적인 표현 형태로 본다면 단순하게 하나의 역할을 기대할 수 있겠지만, 보다 능동적인 예술 행위로 접근하면 무수한 기능과 역할을 수행해 낼 수 있다네. 그걸 하나씩 짚어보자면…."

찌르르르르르 똑깍

찌르르르르르 똑깍

알람 소리에 소년은 노인의 입과 얼굴을 놓쳤다. 마치 조상님이 나타나 행운의 숫자 여섯 개 중 다섯 개를 말하고 사라진 것처럼 허무한 마음이 들어 한참 뒷말을 유추하느라 복잡해졌다. 당장이라도 노인에게 전화해서 따져 묻고 싶으나 그건 꿈나라 이야기일 뿐. 생각을 고쳐 오늘의 일정을 추스르는 데로 옮겨 갔다. 겹치는 작은 개인 일정의 우선순위를 저울질하는 사이, 땅속에서 갓 올라온 매미들이 이른 아침부터 골목 집집마다 우렁찬 소리를 조간신문처럼 배달하고 있었다.

*　*　*

소년은 한 번도 시를 외운 적이 없었다. 암송으로 무대에서 공연을 하는 낭송가가 시를 외운 적이 없다는 것이 말이 안 되게 들릴지도 모르겠지만 정말이다. 소년은 외우는 행위에 강한 거부감을 가지고 있다. 외운다는 말에는 '억지로'라는 부사가 자연스레 붙게 된다. 어떤 강제된 주입과 내키지 않는 무리함이 담겨있어서 불편하다. 학창 시절 암기 과목에 취약했던 소년은 좋아하는 시를 무대에서 선보이려면 외워야 한다는 점에 주저함이 있었다. 그럼에도 소년은 단 한 번도 시를 외워본 적이 없다.

한번은 이런 적이 있다. 친구를 만나러 급히 약속 장소로 달려가던 소년이 막 코너를 돌 무렵이었다. 돌아서자마자 있는 횡단보도를 건너면 종착지였다. 약속 시간에 철저한 소년은 보통 만나기 30분 전에 먼저 도착하는 것을 즐기는 편이었다. 즐긴다는 것은 마음이 편하다는 의미다. 배려로 생각하는 상대방은 감동을 받곤 하지만 소년은 스스로를 배려한 거라고 여겼다. 여유 있게 준비하면서 만남의 기쁨을 선점한다고 생각했다. 그러면 만남 자체도 순조로웠다. 그날은 집에서 정류장까지 가는 길을 내려가는데 오르막길을 올라오는 어르신을 보았다. 그냥 올라가는 것이 아니라 리어카에 낙타처럼 종이박스를 싣고 중력과 사투하고 있었다. 십자가를 지고 한 발 한 발 골다 언덕을 오르는 예수 같았다. 어르신의 표정은 가시관을 머리에 쓴 듯 일그러져 있었으나 숨소리는 들리지 않았다. 드라이기로 머리를 말리면서 딴생각을 하느라 이미 시간을 써버려 겨우 약속 시간을 맞출 수 있었던 참이었다. 소년은 어르신을 지나치는 듯하더니 몸을 돌려 말없이 리어카에 두 손을 얹었다. 몸을 45도로 숙여야 리어카는 속도를 올릴 수 있었다. 금세 소년도 온몸이 뜨거워졌다. 이왕 이렇게 된 거 10미터만 도와주려는 생각을 고쳐 무려 50미터가량을 밀고서야 몸을 세웠다. 경사진 곳에서 그만두기에는 죄책감이 들었다. 평지가 되자 소년의 도움 없이도 리어카의 속도는 충분했다. 어르신은 아무 말도 없었지만 소년은 서운하지 않았다. 200미터를 더 가면 있는 폐지 처리 시설까지 돕지 못한 것이 못내 아쉬웠다. 그러니 약속 장소 앞에서 주위가 산만해져 그만 돌아 나오는 경차를 보지 못한 것이다. 소년도 놀랐는데 운전자는 더욱 놀랐는지 목소리가 우렁찼다. 창문을 열고 머리에 태양을 한껏 받아 한참을 떠드는데, 이미 소년은 나라를 팔아먹은 자가 되어있었다.

연신 몸을 숙여 사과했지만 대머리의 사내는 가슴이 놀란 건지 머리에 열이 난 건지 멈추지 않았다. 뒤에서 밀린 차들의 원성이 아니었다면 소년을 향한 사내의 일장연설은 길이 남을 뻔했다. 소년은 그날 약속을 마치고 돌아와 침대에 누웠는데 이상하게도 낮에 들은 그 수많은 말들이 개연성으로 연결된 문장들이 아니었음에도 불구하고 또렷하게 재생되는 것이 아닌가. 화가 난다기보다는 너무 신기하고 놀라웠다. 대머리 사내의 표정, 손짓, 눈빛, 가끔씩 머리를 스스로 어루만지던 두툼한 손과 말끝마다 붙이는 버릇 같은 말투까지 종이에 적어보았다. 소년은 외우지 않았지만 ―외우고 싶었겠는가?― 고스란히 기억하고 있었다.

소년은 알아차렸다. 외우려 하지 않아도 기억할 수 있다는 것을. 소년은 암기를 '교통사고 복기하기'라고 말하곤 했다. 그 후부터 소년에게 외운다는 것은 사건화하는 일이었다. 사랑에 관한 시를 외울 때에는 소년의 가슴에 사랑이 일어났다. 그것이 뜨거워질수록 낭송은 달달했다. 이별에 관한 시를 외울 때에는 소년의 가슴에 슬픔이 일렁이고 있었다. 그것이 깊어질수록 낭송은 절절했다. 소년은 한 번도 시를 외운 적이 없었다.

*　*　*

소년은 '감성 노동자'다. 미국의 사회학자 앨리 러셀 혹실드가

113

그의 저서 《감정노동》에서 '감정 노동자'에 대해 처음 언급했다. 직업상 자신의 감정을 억누르고 업무상 정해진 감정 표현을 연기하는 일을 하는 사람을 감정 노동자라고 명명했다. 소년은 감정 노동자는 아니다. 뉘앙스만 비슷하지 완전히 다른 개념이다. 세상에는 비슷하게 생겼지만 완전히 다른 말들이 얼마나 많은가. 유사하게 말하지만 천지의 간격을 보이는 문장들이 얼마나 많은가. '권위'와 '권위적'이 그렇고 '인간이 어떻게?'와 '사람이 어떻게?'가 그렇다. 감성과 감정은 때로는 비슷한 의미로 쓰이다가도 결정적으로 다른 방향으로 각자의 길을 간다. 감정 노동은 스마일 마스크 증후군이나 번아웃 증후군으로 힘차게 달려가지만, 감성 노동은 오히려 그것들을 보듬어 상쇄시킨다. 그러니 억지로 웃음을 팔지 않아도 되고 우울증으로 확산되는 심리적이거나 정신적인 문제로 연결되지도 않는다. 감정 노동은 자신의 감정을 억누르지만 감성 노동은 오히려 자신의 감정을 드러내도록 부추긴다. 감정 노동은 정해진 감정 표현을 연기하지만 감성 노동은 정해지지 않은 감성을 드러내는 데 인위적으로 스스로를 강제하지 않는다. 감정 노동은 타자와의 불필요한 투쟁이지만 감성 노동은 타자와의 유의미한 공존을 지향한다. 소년은 그래서 감성을 말랑말랑한 느낌이나 좋은 것을 보면 살랑거리는 마음에 국한된다고 생각하지 않았다. 감성을 개인적인 성향의 형태나 취향의 문제로 가두고 싶지 않았다. 오히려 감성은 커뮤니케이션이고 소통이라고 여겼다. 감성은 타인을 이해하는 힘이 크다고 생각했다. 소년은 스스로 세상에 하나밖에 없는 아름다운 감성 노동자라고 부르기를 기꺼워했다. 소년은 시 낭송을 할 때마다 감정만 사용하는 것을 경계했다. 때로는 감정만으로 표현하는 것이 수월하다고 여긴 적도 한두 번이 아니다. 그때마다 관객으로부터 외면당하는 기분이 들었다. 그들이 원할 거라는 막연한 기대에 기대어 곱게 포장된 감정으로 낭송한다면 감정 노동자들과 시 낭송가가 별반 다를 게 없다고 보았다. 감정은 과잉이 있지만 감성은 그렇지 않다. 왜냐하면 과잉으로 넘어가는 순간 더 이상 감성이 아니기 때문이다. 감성은 균형의 에너지를 가지고 작동한다. 감정은 절제의 방식으로 다루지만 감성은 드러냄의 방식으로 활용한다. 감정은 누구나 소유하고 있으나 감성은 늘 외부로부터 수혈을 받아야 한다고 생각했다. 낭송의 탄력이 느슨해질 때마다 소년은 멈추고 감성을 살폈다. 감정은 대책 없이 자라는 잡초 같고 감성은 늘 조심스럽게 다뤄야 할 화초 같았다. 다시 채워진 감성은 시를 선택할 때 온전히 발휘되었다. 마치 재료는 동일한데 요리법이 많거나 요리 도구를 더 많이 구비한 요리사가 된 처지 같았다. 소년은 만들 요리가 궁금해지고 만들면서 신이 났다. 그것의 차이는 관객이 단박에 알아보고 반응했다. 소년은 그때서야 깨달았다. 낭송으로 누군가의 가슴을 움직이려면 감정이 아닌 감성으로 열어야 한다는 것을.

***

    노인은 요즘 들어 SNS 메신저나 메일함을 열어보기가 꺼려졌다. 부쩍 늘어난 외부 행사에서 노인의 강연을 접한 이들의 한결같은 문의 때문이다. 태도에서 정중함과 무례함의 차이는 있지만, 궁극적으로 말하고자 하는 것은 대다수가 자신에게 시를 추천해 달라는 요구다. 시 낭송가 인증서를 보유한 이는 그 나름대로, 시 낭송가에 도전하는 이는 그 나름대로의 이유를 들어 시를 선택하기 어렵다는 사연들을 늘어놓는다. 한두 번은 추천해 주기도 했지만, 그것이 도화선이 되었는지 그들끼리 소문이 돌았는지, 너도나도 몰려드는 요구의 빈도수가 이제는 감당하기 벅찬 수준까지 온 것이다. 시 낭송가에게 있어서 시 선택이 중요하다는 건 누구보다도 절감하고 있는 노인이었다. 기회가 닿는다면 그 주제로 강연을 할 수 있을 정도로 할 말이 많기도 했다. 이는 단순히 골라주는 문제에 국한되지 않기 때문이다. 언젠가 소년과 만난 자리에서 이런 이야기를 나누었다.

    "선생님은 어떤 시가 낭송에 적합하다고 생각하세요?"

    "글쎄, 옷을 고르는 것과 비슷하지 않을까. 매번 그 고민에 빠져있다면 자네는 옷을 제대로 골라본 적이 없다고 보네. 누군가 입은 옷을 흉내 내어 입는다든가 아무 옷이나 급히 입었던 게지. 의복이 어떤 장소와 목적에 영향을 받듯이 내가 선택할 시가 자신에게 어떤 의미인지를 먼저 살펴야 하네. 내 이야기를 진술하게 들려줄 것인지 누군가의 이야기를 아름답게 전달할 것인지를 말일세. 무엇이 옳은지 모를 때에는 옳지 않은 항목부터 지워나가는 것도 나쁘지 않네. 그것만 고민해도, 선택해서는 안 될 시들은 우선 걸러지지."

"대회에서 수상한 시들 중에서 선택하는 건 어떻게 생각하세요?"

"그건 남들이 입은 옷이 좋아 보여서 그 옷을 똑같이 입는 것과 같아. 내 체형과 취향이 전혀 반영되지 않은 의상을 입고 무대에 오르는데 어찌 이전의 낭송자보다 매력적일 수가 있겠나. 평소에 시를 가까이하지 않으면, 내가 좋아하는 시도 알 수 없지만 내가 낭송하고 싶은 시도 모를 수밖에 없네."

"그래도 누군가가 대신 골라주었으면 좋겠어요. 그럼 낭송에만 집중할 수 있을 것 같아요."

"하하. 그야말로 게으르고 무책임한 생각이 아닐 수 없군. 선택의 문제 또한 감성의 영역 안에 있다네. 자네가 평소에 서점에 가서 책을 직접 구입하지 않는다면, 어느 날 문득 마음이 동해 서점에 갔을 때 어떤 책을 사야 할지 몰라 엉뚱한 책을 집어 들고 돌아올 게 분명하지. 자주 대상을 마주한다는 것은 그것을 내 방식대로 알아가는 것이기도 하지만, 대상과 나와의 연결점을 형성하거나 서로의 접점을 발견해 가는 일이기도 하다네. 그 과정을 생략하고 대상을 내 안으로 끌어들이려면 저항이 생길 수밖에 없지. 자네는 시를 선택한다고 생각하나? 어느 날 시가 자네에게 다가올 수도 있다는 것을 명심하게. 그때 자넨 시의 손을 자연스레 잡아주기만 하면 될 걸세."

***

소년은 아침에 눈을 뜨자마자 일과대로 포털 사이트에 있는 문화면 기사를 소리 내어 읽었다. 그러던 중에 부고 기사가 눈에 들어왔다. 어느 시 낭송가의 죽음을 특집으로 다루고 있었다.

　　'시 낭송가들의 시 낭송가' 두라시 루데르,
　　시 낭송계의 큰 별 지다

이름이 생소했는데, 시 낭송가들이 인정하는 시 낭송가라니…. 게다가 우리나라 낭송가도 아닌 외국의 한 낭송가의 죽음이 대체 얼마나 큰 의미일까 호기심이 일었다. 소년은 기사를 천천히 소리 내어 읽어 내려가기 시작했다.

　　헝가리를 대표하는 시 낭송가로, 자연스러움과 완벽함이
　　라는 두 경지에 다다랐다는 평을 받았던 시 낭송가 두라시 루데르가 타계했다. 헝가리 공영방송 HKB에 따르면 루데르는 부다페스트 자택에서 세상을 떠났다. 루데르의 측근은 '갑작스러운 심장마비에 의해 사망했다'라고 전했다. 헝가리 태생의 루데르는 20대 때부터 여러 대형 무대에 섰으며, 리스트 탄생 200주년 공연을 통해 전 세계적으로 명성을 알리며 호평을….

소년은 기사를 읽어나가다 멈추었다. 그러고는 유튜브를 통해 리스트 탄생 200주년 시 낭송 공연을 검색해 보았다. 수많은 영상들이 올라왔지만 루데르의 영상은 단 한 건도 보이지 않았다. 그에 대한 궁금증은 풍선처럼 부풀어 올랐다. 노인은 그에 대해 알고 있을 것 같았다. 두 차례나 통화중이라 연결이 안 되다가 세 번째 시도에 노인이 받았다. 이미 많은 대화를 격하게 나눈 후의 목소리처럼 잠겨있었고, 그건 감정이 충분히 소진된 후의 호흡이 담긴 목소리였다. 당연히 노인은 그 소식을 알고 있었고, 비통하다고 먼저 말을 꺼냈다.

"그는 재능을 과시하거나 기교를 뽐내기보다는 내면을 들여다볼 줄 아는 낭송가였지. 게다가 공연이 아니고는 대중 앞에 나서지 않기로 유명했네. 언론과 인터뷰한 기록도 없거니와 자신의 공연을 라디오로 내보내는 일도 상당히 불쾌해하던 독특한 사람이었어. 그러던 그가 프란츠 리스트 탄생 200주년 기념행사에 나타난 거지. 물론 루데르를 위한 행사는 아니었어. 온전히 리스트를 기억하는 자리였지. 리스트를 사랑하는 전 세계 팬들을 위해 생중계를 했고, 우리나라 공중파 방송에서도 특별 중계를 했다네. 엄청난 인파가 모인 부다페스트 영웅 광장 중앙에 있는 36미터짜리 기념비 아래 웅장한 무대가 설치됐지. 그곳에 열아홉 대의 그랜드 피아노가 반원을 그리며 이중으로 놓였고 그 앞에 세계적인 피아니스트들이 앉아 연주를 시작했어. 그때 연주한 곡이 리스트의 헝가리 광시곡이었네. 19번까지 있는 연주곡이다 보니 열아홉 대의 피아노가 도미노를 이루듯 한 명씩 무려 두 시간 이십사 분 동안 진행되었지. 그때 가을밤의 아름다운 피아노 연주를 들을 수 있음에 취해 있었다네. 상상도 못 했지. 그가 내 눈앞에서 소문으로만 듣던 낭송을 펼치게 될 줄 말이야. 랩소디 1번이 막 끝나고 나자 광장에 모인 사람들은 환상적인 행사 분위기에 한층 들떠있었고, 카메라들은 이들을 놓칠세라 부지런히 클로즈업했었던 기억이 있군. 잠시 후 조명이 조금 어두워지더니 2번이 연주되기 시작했어. 전반부의 라산(Lassan)조 연주는 그야말로 헝가리인들의 슬픔과 우울을 표현하는 듯하더군. 그때 갑자기 목소리가 들리기 시작했어."

아버지도 없고 어머니도 없고
신도 없고 조국도 없다

요람도 없고 수의도 없고

키스도 없고 애인도 없다

노인은 헝가리 춤곡의 형태인 라산조와 프리스카(Friska)조를 잘 이해하고 있었다. 이 또한 리스트를 좋아해서라기보다는 루데르의 영향이 컸다. 시 낭송이 감동적이었기에 음악까지 관심이 확장된 것이다.

"그 나라 말을 알아들을 수는 없었지만 TV 자막으로 나오는 시를 보고는 단숨에 요제프 어틸러의 시란 걸 알았네. 특별한 기교 없이 반복되는 말들이 묘한 감동을 자아냈네. 이때만 해도 그가 루데르인 줄 몰랐지. 조명이 그를 비추고 있지 않았으니 말이야."

"요제프 어틸러가 시인인가요?"

숨죽여 듣기만 하던 소년이 낯선 이름의 등장에 맥을 끊고 들어왔다.

"음… 그러니까 헝가리의 윤동주 시인 정도 되려나. 헝가리가 사랑하는 국민 시인이지. 계급이 여전히 있었던 그 시절에도 어틸러만큼은 누구나 좋아했다고 하더군. 아까 그 장면을 이어가 보세. 그러고는 라산조의 연주에서 열정적이고 격렬한 프리스카 조로 연주가 넘어가자 마치 리스트 작곡 어틸러 작사의 곡처럼 딱 맞아떨어지게 낭송이 이어졌네."

사흘째 먹지 못했지
많이도 조금도
스무 살 나의 힘을
나의 스무 살을 팔겠소

"그때서야 핀 조명은 루데르를 비추기 시작했네. 그리고 모두 경악할 수밖에 없었지. 루데르가 마치 노숙자 같은 누더기 옷을 입고 있었던 걸세. 그러나 누추하다기보다는 자연스러웠고 낭송과 일치를 이루었네."

혹시 아무에게도 필요치 않다면
그렇다면 악마라도 사 가라지
필요하다면 사람도 죽이리라

"늘 화려한 의상을 입고 무대에 오르는 시 낭송가들의 공연에 눈이 익은 나로서는 충격 그 자체였지. '아, 저것이 진짜구나. 그는 시를 온몸으로 체화했구나'라는 생각에 기존의 낭송이라는 개념이 송두리째 뽑혀 나가는 느낌이 그날 이후로도 한참 갔던 걸로 기억하네."

날 잡아서 파수대에 매달고

축복받은 흙으로 나를 덮겠지

아름다운 내 심장 위에는

죽음을 부르는 풀이 자라겠지

"엄청난 퍼포먼스도 없었네. 그러나 넓고 화려한 무대에서 그 작은 몸뚱이는 결코 초라하지 않았고, 그로서 온전하고 거대하게 존재하고 있었지. 정말이지 신이 낭송을 한다면 이런 모습이 아닐까 하는…."

"아! 그의 영상을 볼 수 없어서 아쉬워요."

"아마도 유별난 그의 성격이 배포를 막았을 것이 분명해."

"선생님은 두라시 루데르의 어떤 점이 위대하다고 생각하세요?"

"단순하면서도 특별한 것이네. 내가 생각하는 시 낭송의 가장 이상적인 경지에 도달한 유일한 사람이 그가 아닐까 생각하네."

소년은 노인과 길게 통화한 후 한참 동안, 처음 접한 외국의 시 낭송가의 존재에 생각이 머물렀다.

'단순함과 특별함이 공존할 수 있을까. 혹시 네모난 동그라미 같은 건 아닐까.'

소년의 머리에서 한동안 그 화두가 떠나질 않았다.

6장

떨림과 설렘

하기 싫은 일을 할 때가 힘들까 아니면 하고 싶은 걸 하지 못할 때가 힘들까. 대다수의 사람들은 쉽게 답하지 못한다. 질문을 조금 바꾸면 판단이 분명해진다. 좋아하지 않는 사람을 사랑할 때가 힘들까 아니면 좋아하는 이를 사랑하지 못할 때가 고통스러울까.

우리나라에서 두 번째로 큰 IT 업체에 다니는 소년의 친구는 만날 때마다 고민을 털어놓는다. 월급이 많은 만큼 스트레스도 많은 일이 힘들게 한다고 했다. 소년은 친구의 처지를 잘 몰라 그의 불평이 배부른 투정이라고 가볍게 여겼으나 반복되니 걱정이 생기며 어설픈 개입이 잦아졌다. 소년은 직장을 다녀본 적이 없기에 친구에게 말할 때마다 이해의 간극은 오히려 벌어졌다.

"좋은 근무환경에다 네가 원하던 회사였잖아?"

"요즘은 상사 없는 네가 부럽다. 이젠 좀 쉬면서 다른 일을 찾아봐야겠어."

소년은 잘나가는 친구가 자길 부러워한다니 갸웃했다. 친구들 중에서 유독 출세가 빨라 적지 않은 위화감을 안겨주던 녀석의 말이 곧이곧대로만 들리진 않았다.

"넌 네가 좋아하는 일을 하잖아. 벌고 싶을 때 벌고 쉬고 싶을 때 쉬니까, 네가 나보다 낫다."

"프리랜서에 프리가 앞에 붙어있으니 자유가 특권인 줄 아나 본데, 넌 랜서를 놓치고 있어!"

친구가 가볍게 던진 말에 소년이 돌 맞은 개구리 같은 표정으로 발끈했다. 처음 듣는 말도 아닐 텐데 뜻밖의 반응이 나오니, 오징어 다리를 씹던 친구가 동작을 멈추었다.

"해야 하는 일을 하는 너는 도망가고 싶을 때 어디론가 갈 수 있지만, 좋아하는 일을 하는 나 같은 사람은 어디로 갈 곳이 없어. 너는 대안이 있고, 난 없단 얘기야."

소년은 불쑥 내지른 감정을 주워 담으며 아까보다 차분하게 말을 덧붙였다. 비난도 변명도 아닌 지금의 심정 그 자체여서 더 이상의 언쟁으로 번지지는 않았다.

돌아오는 길에 소년은 긴 시간을 걸으며 자신의 길을 생각하고 또 생각했다. 답이 없는 이 길을 정작 소년 스스로는 답답해하지 않는데, 왜 답을 말하려 하면 미궁인지 알 수 없었다. 이 길은 말로 설명할 수 없는 길인가. 축적되어 승계할 수 없는 유일의 길이어서일까. 그렇다면 단 한 번의 불꽃일 텐데, 그러한 삶도 가치가 있을까! 오만 걸음을 걸으며 소년은 오만 가지 생각을 늦여름 밤하늘에 불꽃처럼 쏘아 올렸다.

* * *

소년은 책을 읽는 사람을 볼 때보다 책을 들고 다니는 사람을 볼 때 가슴이 뛰었다. 책을 보는 행위가 자기 내부에서 벌어지는 무언의 전투로 보인다면, 책을 들고 다니는 모습은 전투태세를 갖춘 병사를 대한 것처럼 소년을 긴장시킨다. 이런 유의 전투는 보이지 않는 곳에서 하는 것이 전력 보완 차원에서 옳다. 처절하게 싸워 엄청난 피를 흘리고 난 후 세상에 나올 때는 전투의 흔적을 보이지 않아야 고수인 것이다. 책은 창을 닮았다. 언제나 혼자 남겨질 때를 노려 전투하려는 준비가 되어있는 것만 같아, 누군가 책을 들고 다니는 모습을 소년은 두려움으로 바라보았다. 그래서일까. 만날 때마다 한 손에 책을 들고 있는 노인의 모습이 늘 설레면서 두려웠다.

"자네는 언제 설레고 언제 떨리는 마음이 이는가?"

소년은 점쟁이에게 과거를 들킨 듯 쌍꺼풀 없는 두 눈이 순간 똥그래졌다. 방금 전 책을 들고 다니는 노인의 모습을 상상하며 설렜고, 그 마음을 꿰뚫어 묻는 질문에 떨렸기에 두 개의 감정을 구분할 수 없었다.

"시 낭송 대회 본선이 달포 후에 있다고 했나?"

"네."

"처음 나가는 심정은 어떤가?"

"평가를 받는 무대는 처음이라 떨립니다."

"난 자네가 떨림보다는 설렘을 가지고 무대에 올랐으면 하네."

"네?"

소년은 기시감이 들었다.

'언제였더라. 어디서 보았더라.'

아무리 떠올려도 카페 창 너머로 무성한 나뭇잎들만 짙게 푸르를 따름이었다. 색에 무딘 소년에게 퍼플과 바이올렛의 차이를 구분하라는 주문처럼 당혹스러웠다.

"수동적이냐 능동적이냐의 차이지. 어쩌면 매력을 바깥에 두느냐 자네 내면에 두느냐로 볼 수도 있겠군. 대상의 매력이나 위력이 자네를 뒤흔든다면 떨림이 작동할 것이고, 자네의 열정이 소용돌이쳐서 드러난다면 설렘으로 주체할 수 없겠지. 늘 설렘이 옳다 할 수 없으나, 대회에서는 떨림이 오히려 장애물이 될 수 있다네."

소년은 가만히 두 개의 감정을 복기해 보았다. 노인이 말한 대로 떨림 때문에 설렘이 닫혀버렸던 때도 있었던 것 같았다.

*　*　*

누구나 현재를 살고 있으나, 아무나 지금을 사는 것은 아니다. 이미 휘발된 향수 같은 과거를 애써 맡으려 시간을 보내거나, 살아있을 거라 함부로 예언하고 미래를 염려하느라 지금이 타들어가는 줄 모른다. 노인은 건강에 이상이 왔음을 불쑥불쑥 느낄 때마다 삶의 본질을 머리가 아닌 온몸으로 실감했다. 어제의 꽃향기를 지금 맡을 수 없고 내일의 구름을 오늘 그려볼 수 없는 것이다.

현재(present)는 선물(present) 같아서 적극적으로 받아 안고 포장지를 뜯지 않으면 그 안에 무엇이 있는지 도통 알 수 없다. 현재는 그저 주어지지 않는다. 신은 인간에게 현재를 쥐어주고 7초만 액션을 요구한 후 가차 없이 과거로 내던져 버린다. 잔인한 듯 보이나 신은 너그러워서 매 순간 반복한다. 마치 영원한 듯 보여서 빠르게 도는 자전거의 바큇살이 멈춰 보이는 착시처럼 느끼게 한다. 그러니 어리석은 이는 당연하다고 여기고, 지혜로운 이는 눈치 채고 놓치지 않으려 애쓴다. 노인은 과거에 이미 써놓은 시를 현재의 무대에서 어떻게 표현하느냐를 줄곧 고민해 왔다. 시에만 집중하니 감정만 앞서 나오고, 무대에 집중하니 기교가 자꾸만 도드라져 불만이었다. 균형을 맞추는 것이 불가능해 보였다. 감정과 기교의 중간을 살펴 상상해 보지만 막연하기만 했다. 절충이란, 예술에선 의미 없는 접근이었다. 빨강 물감에 파랑 물감을 섞듯이 간단한 문제가 아니다. 그날의 영감이 아니었다면 평생 풀리지 않을 수수께끼로 남았을 것이다.

추운 날 급히 먹은 음식으로 탈이 나 며칠간 고생한 적이 있었다. 처방받은 약은 제때 먹어야 해서 집 가까이에 있는 죽 전문점을 이용했는데, 이도 한두 끼 먹다 보니 금세 입에 맞지 않았다. 집에서 직접 만들어 먹는 게 낫겠다 싶어 불린 쌀을 냄비에 넣고 팔팔 끓인 후 어느 정도 익자 중불에서 서서히 주걱으로 저었다. 지루한 시간을 면해보려 노인은 흥얼거리며 시를 암송했다. 참기름을 두르는 그 순간 노인의 머릿속에 번뜩이며 지나가는 것이 있었다.

"그래! 이거구나. 시간에 있었구나. 시도 아니고 무대도 아니야."

노인은 복잡한 수학 문제를 푼 듯 확신에 차있었다. 노인은 급히 불을 끄고 북극곰 엉덩이처럼 둥글고 하얀 죽을 남겨둔 채 책상으로 가 앉았다. 광고로 여백이 있는 신문지 한편에 휘갈겨 적기 시작했다. 몇 자는 적다가 쓱쓱 지워버려 알아볼 수 없었다. 그나마 알아볼 수 있는 문장만 옮겨보자면 이렇다.

현재성이 진정성이다.

이미지보다 이야기다.

지금을 관통하고 있는….

***

'이야기'라는 말은 본디 티베트에서 왔다. 티베트 말에 가깝게 소리 내어 읽으면 '이야르키'로 들린다. 이 짧은 글자에 세 개의 단어가 들어있는데, '이'와 '야르'와 '키'다. 흥미로운 사실은 세 단어가 이음동의어로, 죄다 입[口]이라는 거다. 다른 소리를 내는 입이란 글자를 나란히 연결한 글자가 이야기다. 세 명의 입이 모이면 하나의 이야기가 만들어진다는 것일까. 아니면 세 명의 입을 거치면서 비로소 이야기가 완성된다는 것일까. 그나마 분명한 건 이야기는 입들의 일이라는 것이다.

아침에 받아 든 신문기사도 이야기로 구성된 기자들의 가공물이고, 만나는 사람들마다 서로의 이야기를 주고받으며 하루를 보내고 자고 나면 꿈 이야기를 나눈다. 온통 이야기로 살아간다. 심지어 이별을 통보하는 그녀도 "난 이제 당신을 사랑하지 않아요"라고 말하며 떠나지 않았다. "난 더 이상 당신에게 할 이야기가 없어요"라고 했다.

이야기의 유무는 생존과 공존을 결정짓는다. 이야기는 흥미의 범주를 넘어 '먹고사니즘'의 생계학이 되고 있다. 소년의 낭송에는 잉여의 감정보다는 여백을 지닌 감성이 대부분을 차지한다. 얼핏 들으면 덜 채워진 것처럼 보이나 그것은 소극적인 표현 방식이 아니다. 줄곧 추구해 온 방식인데, 오래된 사고를 가진 사람들은 이상하게 낭송하는 근본 없는 낭송가라고 비난하고 외면했다. 소년의 낭송은 철저하게 주류로의 진입을 거부당했으나 그것이 서럽거나 아쉽지 않았다. 거리 공연을 통해 만나는 관객들은 호응이 사뭇 달랐다. 그것만으로도 족했다. 기존의 낭송들을 모니터링하지 않은 것은 아니었다. 문장에 충실한 감정 표현, 반복되는 어미에서의 호흡 처리, 웅변가인지 변사인지 모를 톤 등은 소년에게는 빌려 입은 화려한 옷과 우스꽝스러운 소품 같았다. 시 낭송가는 광대보다는 이야기꾼에 가깝다고 생각했다. 지금은 환영받지 못하더라도, 내가 옳다고 생각하는 길을 가는 것이 실패하더라도 덜 무모한 시도가 될 거라는 확신이 있었다. 주목받지 못하는 건 괜찮지만 시시한 낭송을 하는 건 참을 수 없었다. 시시함의 기준은 소년 자신의 내부에 있었고, 그 중심에는 이야기가 자리하고 있었다.

7장

×

느리게 느리게

노인은 요 며칠간 다짐했던 마음을 소년에게 글로 전하고자 결심했으나 차일피일 미루던 참이었다. 한 이틀 더 미루다간 달이 바뀌게 되고 정리된 마음이 느슨해질 것 같아 조급해졌다. 흔들리는 몸을 의자에 걸치고는 서랍을 열어 만년필을 꺼냈다. 지난 해외 일정 때 연착으로 인해 무료한 시간이 넘쳐 면세점을 둘러보다 충동적으로 구입한 것이었다. 버건디 색상에 에곤 실레의 자화상을 모티브로 제작한 만년필 시리즈 중 하나다. 노인은 종이에 좌우로 몇 번 써보더니 잉크가 말라있음을 알아차리고 컨버터를 열어 잉크를 가득 채웠다. 실레의 작품에서 느껴지는 직접적이고 솔직한 느낌이 형상적으로 만년필 겉면에 담겨있는데, 수

제 만년필의 천국 이탈리아 제품이었다. 펜촉이라 할 수 있는 닙 부분의 중앙에는 하트 모양의 홈이 있었다. 글을 쓰다 생각이 나지 않을 때에 이 부분을 보면 이상하게도 문장이 떠오르곤 했다. 안부는 날씨 이야기가 자연스러웠고 계절과 연결해서 풀어가는 데 무리가 없었다. 오랜만에 맛본 만년필의 단단하면서 부드러운 필기감이 근사했다. 단편소설도 단번에 써 내려갈 수 있을 것 같았다. 노인의 마음은 그와 반대에 자리해 있었다. 날이 갈수록 쇠약해져 가는 몸을 거부할 수 없었다. 이쯤에서 자신의 경험과 생각들을 하나씩 새 부대에 옮겨 담고 싶었다. 그것이 남은 시간에 해야 할 노인의 소명처럼 느껴졌다. 젊은 시절 영화에 빠져 방황하던 이야기와 잠시 고향에 내려가 농사를 지었던 시기의 이야기를 적어나가기도 했다. 시와의 인연, 시 낭송을 하게 된 우연의 기회들을 들려줄 때에는 잠시 펜을 내려놓고 생각에 잠기기도 했다. 후반부에 가서야 현재의 건강과 병명을 우회적으로 설명하며 자신의 마인드와 철학을 소년에게 전수하고 싶다는 말로 편지를 끝맺었다. 간편한 문자메시지도 있었지만 가장 느린 의사전달 방식인 보통우편으로 편지를 보냈다. 창구에서 우표를 한 장 달라고 하자, 여직원이 요즘은 우표를 붙이지 않는다며 금액이 적힌 직사각형의 흰 스티커를 봉투에 붙여 옆에 놓인 커다란 우편 분리함에 던졌다. 큰 바구니에는 국내우편이라고 적혀있었다. 구멍이 숭숭 난 바구니 사이로 작은 편지봉투가 빠지지 않을까 염려

됐으나 일주일 후 소년에게서 답장이 왔다.

선생님! 보내주신 편지는 잘 받았습니다. 집 앞 출입문에 있는 우편함은 늘 광고전단지로 채워지기에 가끔씩 살펴 정리하곤 합니다. 언제부터인가 각종 고지서와 휴대전화 요금 납부 확인서 외에는 휴지통과 비슷한 기능을 하고 있어 더 이상 예전처럼 기대하는 마음을 가지고 열어본 적이 없습니다. 봉투에 친필로 적혀 있는 우편물을 받아보기란 불가능한 시대를 살고 있는 셈이죠. 마음만 먹는다면 간편하게 생각이나 이야기를 상대에게 전달할 방법이 무궁하니까요. 게다가 비용을 들이지 않고 빠르게 전할 수 있으니 더욱 고민할 이유가 없어졌습니다. 아침부터 기분 좋은 새소리를 들으며 집을 나섰는데 가만히 돌아보니 까치였나 봅니다. 모든 좋은 일에는 증후가 예보처럼 다가옵니다. 물론 나쁜 일에도 그러하겠죠. 한 번은 내용을 읽어내느라, 또 한 번은 선생님의 마음을 읽어내느라 두 번을 읽었더랬습니다. 글자 자체를 읽는 건 너무 기뻤는데, 글자 사이를 읽으니 마음이 무거워졌습니다. 무어라 쓰고 있는 저는 사실 무어라 드릴 말씀을 못 찾고 있습니다.

소년은 이토록 답장의 서두를 장황하게 늘어놓게 될 줄 몰랐다. 줄여볼까도 고민했으나, 있는 그대로의 마음을 고스란히 전하고 싶어져 수정하지도 삭제하지도 않았다. 승낙 여부를 정하는 것도 노인의 건강을 알게 된 이상 즐거움으로 가득한 상태만은 아니었다.

> 선생님! 제 욕심 같아선 매일이라도 선생님이 이루신 마인드들을 하나도 빠짐없이 배우고 싶습니다. 그러나 선생님의 건강이 염려되어 어찌해야 할지 주저하게 됩니다. 선생님이 편지 말미에 적어주신 격언은 최근 저의 조급하고 흔들리는 마음을 다잡아 주었습니다. '천천히 가는 것을 염려하지 말고, 멈추는 것을 두려워하라'는 것은 지금 저에게 필요한 충고 같았습니다. 답답한 마음이 컸거든요. 아무도 알아주지 않는 일을 좋아해서 하는 것이 과연 옳을까 하는 생각도 들었고, 더 급히 가보려고 지름길을 찾던 어리석은 생각도 했습니다. 선생님의 말씀은 중요한 건 속도에 있지 않고 지속에 있다는 진리를 다시 한번 상기시켜 주셨어요.

최근 소년이 자신의 길을 가는 것에 대한 조급함을 토로한 적이 있었다. 노인은 그것을 잊지 않고 편지에 조언을 한 것이다. 소년의 고민을 들을 때마다 노인은 고개만 끄덕일 뿐 말이 없었다. 그 답은 언제나 글이었다. 문자로 꼭 해답을 주었다. 대부분 직접적이지 않은 추상적인 말들이었지만 소년에겐 정답 같아 보였다. 걱정에 대한 말에는 위로의 글로 응답했다. 그 순환이 소년을 여기까지 오게 한 것이다. 소년도 편지를 직접 손으로 작성해 부치는 것은 중학생 때 군에 간 사촌 형에게 위문편지를 쓴 이후로는 처음이다. 육필은 육성만큼 온몸을 쓰는 행위였다. 문자를 보낼 때와는 다른 힘겨운 쾌감이 있었다. 메시지를 보내고 나서 답을 기다리는 것과는 다른 묵직한 결속이 소년의 가슴 한구석에 마련되는 것 같았다. 노인과 소년의 한 차례의 편지 소통이 있고 난 후, 곧 만남이 이뤄질 거라는 쌍방의 확신이 있었다.

***

식당에 가면 종업원이 직접 물을 따라 주고 수저를 손님 앞에 가지런히 놓아주던 때가 있었다. 노인은 빈 컵을 들고 교실 책상처럼 재미없게 놓인 식탁들 사이를 가로질러 정수기로 향했다. 식당마다 붙어있는 셀프라는 말은 딴 나라 외국어가 아니다. 한글로 붉게 적힌 셀프라는 글씨는 몸소 혼자 챙기라는 부드러운 명령으로 인식되고 있다. 음식 값에는 자잘한 서비스 값이 들어있지 않다는 말 같기도 하고, 종업원을 부디 몸종 다루듯 하지 말라는 가벼운 엄포 같기도 하다. 손님들은 배려가 사라졌다고 느끼고, 식당 측은 합리적인 방식이라고 여긴다. 노인은 식당 주인이 물만 가져다주는 것은 아니었다고 생각한다. 손님마다 응대하는 투는 달랐으며 이는 각별한 배려로 느껴졌다. 노인은 정수기 앞에서 미지근한 물을 받아내기 위해 냉수로 컵의 반을 채운 뒤 온수 쪽으로 옮겼다. 컵을 안으로 여러 차례 밀어 넣어 레버를 작동했으나 물은 나오지 않았다. 그때, 노인의 뒤에 짧은 줄 서기를 하고 있던 여고생이 온수에 있는 버튼을 누르고 컵을 밀자 온수가 나왔다. 기계는 젊은이에게 최적화되어 있다. 어쩌면 노인을 혐오하는지도 모른다. 간단해도 기계 사용의 실수 때마다 노인은 마음이 좁아진다. 몸도 쪼그라드는 것 같다. 한번은 패스트푸드점에 갔다가 키오스크 앞에서 한참을 화면만 감상하다가 돌아온 적도 있다. 세상의 어떠한 키오스크도 노인을 위한 것은 없었다. 기계는 편리함을 위해 존재하는데 한 번도 편리하다고 느낀 적이 없었다. 외국의 어느 계산대 앞에서 말이 통하지 않는 종업원과 만난다 해도 이보다는 수월할 것이다. 표정과 동작을 기계는 허용하지 않는다. 정해진 프로세스를 따르지 않으면 요술램프 앞에서 주문을 잘못 왼 지니가 되는 것이다. 편리와 간편이 시 낭송과 같은 문화를 더 멀리하게 하지는 않을까 우려하곤 했다.

가까운 친구의 전화번호를 기억하는 것도 기계가 대신하는 요즘에 시를 외운다는 것이 얼마나 불편한 일인가. 무엇이든 검색하면 전문가 수준으로 알아내 정리할 수 있는 시대에 정답도 없는 시인의 의도를 읽어내려 하는 것은 또 얼마나 수고로운 일인가. 물질적으로 풍요로운 세상에서 보이지도 않는 무형의 마음

을 음성으로 전한다는 것이 얼마나 무모한 일인가. 시 낭송이야
말로 불가능하면서 퇴행적인 행위의 원형 같아 보일지도 모르겠
다. 노인은 그렇기에 더더욱 존재할 가치를 지닌다고 주장한다.
천천히 가도 될 목적지에 지나치게 서둘러 도착하게 되는 난감한
기차 여행 같은 시 낭송을 피하고 싶었다. 인간에게 있어서 과정
이 선물인 경우가 세상에는 너무나도 많다. 신은 사람을 태어나
자마자 송아지처럼 바로 걸을 수 없게 만들었다. 무려 3천 번의
넘어짐을 겪어야 비로소 걸을 수 있다. 세상의 어떤 아기도 그 과
정 중에 "걷기가 나한테 맞지 않아", "걷는 것을 포기하고 싶어" 하
고 투덜대지 않는다. 부단히 넘어지기를 반복하면서도 앞을 보고
다시 일어선다. 어린 시절 직립보행이 전부일 때, 과정은 온전한
선물이 되었다. 시 낭송을 준비하는 과정은 걸음마를 처음 배울
때의 태도와 닮았다. 아기가 걷기 요령을 찾는 데 힘을 쓰지 않듯
이, 시 낭송도 요령에 관심이 가는 순간 과정은 고단해지고 결과
에 치중하게 되어 누추해지고 만다. 노인은 자판기 커피나 캔 음
료를 놀이 삼아 뽑아 마시며 조금씩 기계와 친해지려 한다. 모르
고 탓하기보다는 알고 기피하기 위해서다. 잘 버리기 위해서는
잘 가져보는 것이 우선이다.

***

"지금부터 우리가 만나는 것을 사파리라고 부를까 하네."

"사파리라면 차를 타고 가면서 야생에서 동물을 구경하는 것 아닌가요?"

소년에게는 노인의 음성이 밀림 속 동물의 울음소리가 아닌 사막의 모래바람 소리처럼 들렸다. 스아악스아악거리면서 푸스스하했다. 아라비아 반도의 동남부 쪽에 위치한 오만의 사막을 영상으로 본 적이 있다. 석유로 먹고살던 나라가 이제는 관광을 국가 수익 사업으로 야심차게 전환하고 있다는 내용이었다. 온통 사막, 산, 바다로 둘러싸인 오만을 보면서 무슨 관광국이 될 수 있을까 의아했다. 그때 사막을 항공 촬영한 영상이 펼쳐지며 내레이션이 깔렸다.

> 아라비안나이트에서 뱃사공 신드바드의 출생지인 오만은 모험심을 자극하는 사막으로 둘러싸여 있습니다. 이 황량한 사막에 활기를 불어넣어 주는 것은 단연 '사막 사파리'라고 할 수 있습니다. 낙타나 오프로드 자동차를 타고 사막의 거친 모래언덕을 넘는 이 경주는 일주일 동안 이어지는 극한 대회입니다. 이 드넓은 사막을 도전의 대상으로 오만은 활용하고 있습니다. 오만은 공존과 관용을 국가의⋯.

내레이터의 멘트가 카메라와 함께 사막을 지나 수도 무스카트의 술탄 카부스 그랜드 모스크로 넘어갔다. 소년의 눈에는 여전히 사막의 모래바람 소리가 남아있었다. 파도 소리 같으면서도 소나기가 내리치는 소리 같았다.

'모래와 바람이 만나는데 물의 소리가 나다니.'

"아프리카 사람들은 우리와 다르게 사용하고 있지. '무언가 얼어서 돌아오다'라고 말일세. 우리의 만남이 지향해야 할 취지와 잘 맞는 말이 아닐까 생각하네. 자네도 그렇고 나도 서로의 만남 후에는 얻는 것이 분명 있을 테니 말이야."

사파리라는 단어를 폭력적이라고 생각했는데, 노인의 말을 듣고 보니 온순한 단어로 보였다. 사냥이 그러하고 배움이 그러하지 않은가. 얻기 위해 나서야 하고 돌아올 때에는 포만감의 사냥감이나 지적 채움이 있어야 하듯이. 소년은 사파리라는 말이 맘에 들었다. 삼행시로 노인과의 시작을 축하하려고 속으로 운을 띄워보지만 '리'에서 번번이 막혀 입 밖으로는 내뱉지 않았다. 이름을 정하고 나니 절반은 이룬 듯 마음이 살랑거렸다. 매번 주제를 미리 정하지 않기로 했고 방식이나 형태도 자유롭게 하자고 했다.

***

밀린 일기를 쓰는 일은 공룡 아랫배에서 배꼽을 찾는 것처럼 무모하다. 소년은 그간의 연습 방법을 복기하고 반추하느라 하루를 보냈다. 하던 대로 쭉 하면 습관은 안전하겠지만 발전은 위태로울 것이다. 최근 들어 소년의 일기 쓰기 같던 매일의 연습들이 '해냈음'에만 머물러 근력도 키우지 못하는 웨이트 트레이닝 같았다. 그것은 연습을 하지 않는 시간대에 차이가 드러났다. 근육을 찢지 못한 느슨한 운동은 근육을 아름답게 만들지 못했다. 좋은 연습은 그다음의 행보를 분명하게 가리킨다. 나쁜 연습은 힘만 들고 불규칙하게 반복하는 호흡처럼 고민들을 뱉어낼 뿐이었다.

'틀에 박히다'라는 말만큼 틀에 박힌 표현이 또 있을까. 매너리즘은 글자 자체의 부드러운 모양새와는 달리 소년에게는 경계해야 할 말이었다. 익숙하다는 것이 습관을 끌고 온 첫 번째 엔진이라면, 이제는 버리고 두 번째 추진체를 마련해야 할 것 같았다. 그것은 낯설게 하기였다. 기존의 방식을 고집스럽게 쥐고 놓지 않으면 새로움은 요원할 것이 분명했다. 그 고민의 해답 찾기가 노인과의 만남에서 가능할 것 같았다. 소년은 보다 적극적으로 익숙함으로부터 멀어지기로 했다.

"이 손수건을 주우려고 해보아라."

노인이 도포를 두르고 있는 모습을 보니 조선시대가 연상됐다. 평소와 다르게 엄한 표정으로 소년에게 명령하는데, 의중을 읽을 겨를이 없었다.

"여기 있습니다, 선생님."

소년은 반바지 차림에 야구모자까지 쓰고 있어 민속촌에 소풍 온 사람 같았다.

"네 이놈! 내가 주우려 해보라고 했지 주우라고 했느냐?"

"너무 억울합니다. 주우면 줍는 거고 줍지 않으면 마는 거지 주 우려 하는 건 무엇입니까?"

소년은 마치 래퍼처럼 손동작을 좌우로 하며 리드미컬하게 대 꾸했다.

"네가 지금 그러고 있다."

노인의 호령에 놀라 소년은 책상에 엎드린 채로 고개를 들었 다. 깜빡 선잠에서 눈을 뜨니 늦여름의 오후 햇살이 구아바 잎 사 이로 비집고 들어와 방 안에 힘없이 흩어지고 있었다.

***

"어미 처리에서 낭송가의 진정성이 묻어난다고 말씀하셨는데, 같은 어미가 반복될 때에는 높였다가 내리는 것이 좋을까요? 아 니면 그 반대로 하는 것이 더 효과적일까요?"

노인은 능력이라고 말을 했는데, 소년은 진정성으로 고쳐 기 억하고 있었다. 소년은 시를 선택할 때 김소월의 〈초혼〉과 같이 '~이여'나 '~노라'로 반복되는 시는 피했다. 외우기는 쉽지만 표현

142

이 궁색했다. 기껏해야 올렸다 내렸다 하는 것밖에는 달리 요령이 없었다. 그것도 세 번이 이어지면 그 차이도 미미해 의도하지 않은 리듬이 나왔다. 시도 노래인지라 비슷한 어미를 만날 때면 피하기보다는 적극적으로 해소하고 싶은 마음이 컸다. 소년의 녹음된 낭송을 들으면서 노인이 미간을 구긴 때도 대체로 어미 부분에서였다. 그러나 한 번도 어미 처리를 어찌하라 말한 적이 없다. 고칠 수 없을 정도로 심각한 결함인지 아니면 타고난 감각이라 그런 건지를 듣고 싶었으나 알 수 없어 답답했다.

"어미 처리가 허약한 건 어간에 충실하지 않아서가 아닐까? 어미를 발화하기 이전에 의도와 그림을 완성해야 어미가 붓글씨의 획 끝처럼 단정하게 모양을 갖추는 것이지. 이유가 어설프니 방법에서 허우적거리게 된 거란 말일세."

소년은 들을수록 알 듯 말 듯한 노인의 말에 엉뚱하게도 탈무드가 떠올랐다.

'물고기를 잡아주지 말고 물고기 잡는 방법을 알려주라.'

소년은 노인이라면 이 정도에 만족하지 않고 덧붙여 말할 것 같았다.

'물고기를 왜 잡아야 하는지를 고민하게 하라.'

소년이 어미 처리에 대한 깊은 의문으로부터 벗어나게 된 것은 그날 이후 우연히 보게 된 노인의 낭송 영상 때문이었다. 한일 수교 50주년을 기념해 열린 한일 문화 교류 행사였는데, 행사 말미에 양국의 낭송가들이 나와 준비한 시를 낭송하는 프로그램이 있었다. 한국 측은 일본 시를 일본 측은 한국 시를 자국의 언어로 번역해 낭송했고, 주제는 사랑에 관한 시였다. 일본 낭송가가 먼저 낭송했는데, 준비한 시는 한용운의 〈사랑하는 까닭〉이었다. 이어 한국 측 대표로 나온 노인이 선택한 시는 스즈키 쇼유의 〈노부코〉였다. 노부코라는 말이 마흔여덟 번이나 반복되는 시다. 사랑하는 사람의 이름을 반복해 쓰면서 그리워하고 괴로워하는 화자를 표현하고 있다. 소년의 전체적인 감상은 하나하나의 노부코가 독립된 이야기로 다가왔다는 것이었다. 노부코와의 만남부터 설렘, 그리움, 안타까움, 열정, 갈등, 애증, 슬픔 등이 부를 때마다 거침없이 옮겨 갔다. 마치 48부작 드라마를 온몸으로 감상하는 듯했다. 영상을 반복해서 볼 때엔 어미에 집중해 보았다. 노부코를 동일한 높낮이로 부르는 대목들이 있었으나 휘몰아치거나 하염없이 느리게 읽으며 이를 무색하게 했다. 소년은 이따금씩 따라해 보았으나 노인의 흐름과 어긋나고 입 안에서 성글었다.

'표현의 이상적인 패턴은 없는 걸까. 분위기는 특정한 부분의 포착만으로 완성되지는 않는 건가.'

노인의 영상을 세 번 보고서야 비로소 보이기 시작했다. 노부코를 호명하는 방법이 아닌 노부코를 사랑하는 마음이었다. 어쩌면 진정성일지도 모른다. 노인은 노부코를 온몸으로 겪어내고 있었고 그녀와의 추억을 처절한 사투 끝에 지켜낸 새 둥지처럼 가

슴 한편에 마련해 두고 있었다. 들을수록 소년은 반복되는 시어
의 낭송 요령보다는 오히려 노인이 노부코를 그리워하는 이유가
더 궁금해졌다.

8장

×

우연에서 진실로

"지난 시간에도 언급했듯이 낭송 이전의 단계가 낭독이 아닙니다. 시와 소설처럼 상호 독립적이고 수평적인 관계라 할 수 있어요. 소설을 짧게 쓴 것이 시가 아니듯, 외우지 않고 하는 낭송을 두고 낭독이라 하는 건 맞지 않죠."

시 낭송 모임 시치미 리더의 비교를 곁들인 설명에도 소년은 온전히 이해가 되지 않았다. 이론이란 것이 이토록 타고난 성질이 고약하다. 설명하는 쪽은 갈수록 사실에 가까워지고, 수용하는 쪽은 갈수록 진실로부터 멀어진다. 점점 각자의 영토와 담장만 견고하게 지키고 쌓아 올릴 뿐이다. 이때 유일한 서로 간의 연결은 문을 내려는 의지이고, 질문이 곧 해답이다.

"그렇다면 낭독과 낭송의 차이는 무엇인가요?"

"사실 각각의 의미적 해석부터 전달 대상, 신체 사용 범위, 표현 양식, 궁극의 지향점 등 많습니다. 그중 결정적인 차이점은 시선의 활용과 발화의 태도입니다."

이론과 실제의 간극이 실재한다는 논리를 믿는 소년은 리더도 예외일 수 없다고 넘겨짚고 있었다. 이때 리더는 준비한 한 편의 시가 출력된 프린트물을 모임 구성원들에게 나눠주기 시작했다. 제목은 비워져 있었고 2연으로 구성된 짧은 시였다. 사랑하는 마음이 차오를 때마다 차를 타고 연인에게 가는 과정을 담고 있었다. 쉬운 말로 쓴 시였고, 사랑에 빠진 적이 있는 이라면 쉬 공감 가는 문장으로 이뤄져 있었다.

"방금 제가 드린 시 한 편으로 낭독과 낭송을 해볼까 합니다. 누가 먼저 해볼까요? 부담 갖지 마시고 한 번은 낭독으로, 이어서 낭송으로 하시면 됩니다."

리더의 정면에 앉아있던, 모임에서 가장 어린 여자가 이제 막 땅을 밀어내고 나온 죽순 같은 미소를 지으며 펴다 만 오른손을 오른뺨에 나란하게 들었다. 순간 그 모양새가 고양이 같아 그녀의 목소리에서 야옹이라고 나올 줄 알았다. 외모와 달리 허스키 보이스였다. 낭독을 할 때엔 몸도 소리도 수줍은 고슴도치처럼 웅크리듯 읽었고 낭송을 할 때엔 자리에서 일어나 웅변하듯 읽었다. 목소리가 없는 마임이었다면 완벽한 시도라고 소년이 생각하는 찰나에 리더가 칠판에 무언가 적기 시작했다.

"낭독과 낭송은 첫 번째 시선에서 분명하게 갈라집니다. 그 후 두 번째 시선에서 둘은 일치합니다. 전자는 실제의 눈이고, 후자는 가상의 시선입니다. 방금 하신 분은 몸짓과 표정에 차이를 주셨는데, 틀린 건 아니나 미약한 부분을 표현한 것에 불과합니다. 시선에 집중해서 다시 한번 해보시겠어요?"

시선만 바뀌었는데도 여자의 낭독과 낭송은 아까와 다른 시를 읽어내는 것같이 생기가 묻어났다. 특히 낭독을 할 때엔 죽순에 구르는 밤이슬 같은 눈물이 맺힌 걸 본 것도 같다. 초점이 잘 맞춰진 시선에서 나온 목소리는 피사체에 생명을 불어넣어 현재로 불러냈다.

"두 번째 특징으로, 낭독이 독백이라면 낭송은 선언이자 고백이어야 합니다. 어느 분이 해보시겠어요?"

소년은 리더의 주문에 레시피대로 만든 요리처럼 낭독은 작게, 낭송은 크게 하고 자리에 앉았다. 누구라도 독백은 중얼거렸을 것이고 선언은 내질렀을 테니 말이다. 리더의 말을 듣고 나자 소년은 자신이 반은 맞았고 절반은 완전히 틀렸다는 것을 알게 되었다.

"낭독은 내면으로 말을 건네는 것이고, 낭송은 밖으로 말을 전달하는 것입니다. 낭독은 언제나 청자가 하나이나 낭송은 대상이 다수입니다. 말을 작게 하는 것이 낭독이 아니라 내 안의 나에게 하는 말이기에 크게 할 이유가 없어서 그리 하는 것이죠. 낭송도 같은 이유로 소리의 차이를 보이는 겁니다."

리더의 표정은 레드카드를 선수에게 내보이는 젊은 심판의 그 것과 같았다. 소년은 정확한 판정을 인정하는 선수처럼 고개를 끄덕였다. 멋쩍은 기분에 무심코 본 휴대전화 초기화면 시계에는 그새 두 시간이나 지난 시각이 찍혀있었다.

**

예기치 못한 순간을 우연이라 말한다. 그 안에는 원인과 결과 가 느슨하거나 취약하다. 드라마를 보거나 영화를 감상하고 소설 을 읽을 때, 이야기를 만든 이가 얼마나 필연을 가장한 우연과 치 열하게 사투하는지가 재미와 감동의 척도가 된다. 우연을 잘 숨 긴 자가 이야기의 승자다. 과연 그러할까. 시 낭송은 순전히 우연 의 산물이어야 했다. 현실이라는 우연의 순간들을 켜켜이 쌓아 올린 결과물일 테니 말이다.

"선생님! 시를 체화하는 과정에서 행에서 행으로 연에서 연으 로 넘어갈 때가 잘 연결이 되지 않습니다."

소년이 '체화'라고 표현한 건 최근의 일이다. 시를 암기한다고 말했다가 노인에게 제법 긴 시간 혼이 났기 때문이다. 외운다는 것은 결과적으로 그렇게 행해진 듯 보이는 것일 뿐 과정을 왜곡 한 표현이라고 했다. 소년이 따져 묻지 않은 건 아니었다. 체화란 것은 직접 자신이 경험해서 자기 것으로 만든 것인데 시는 시인이 쓴 게 아니냐고 반박했었다. 노인은 시 낭송에 들어가는 낭송가의 육성에는 자신의 이야기가 들어가야 하며, 그 이야기의 중심에 낭송하는 이의 경험이 녹아있다는 해석으로 응대했다. 다른 표현이 있으면 좋겠지만 체화라는 기존의 말이 그나마 암기를 대체할 수 있다고도 했다. 상당 기간 동안 소년은 시어를 외웠다. 당연한 일이라 여겼다. 그러나 너무나 고통스러운 일이었다. 외우는 것만 하지 않으면 시 낭송가가 최고라고 생각한 적이 있었다. 이는 시 쓰는 일만 안 해도 된다면 시인이 최고의 직업이라고 하는 것만큼 무모한 상상이었다. 이후 소년이 체화를 통해 집중의 대상이 활자 자체에서 이미지로 넘어가는 순간 그 고통들은 막힌 혈을 침으로 뚫은 듯 말끔히 사라졌다.

"그건 우연을 받아들이지 못해서지. 개연성이라는 틀에 갇히면 안 된다네. 세상은 결코 필연이 당연한 듯 각각의 연결고리가 견고할 것 같아 보이나, 그렇지가 않아. 자네가 최근에 먹은 매일의 끼니들을 떠올려 연결해 보게. 결코 계획대로 되지 않았음을 알게 될 걸세. 심지어 함께한 이들의 존재마저도. 예상할 수 없다는 건 우연에 내맡겨진다는 걸세. 우리가 서로 만난 시간들도 온통 예기치 않은 순간들이지 않았나."

그도 그럴 것이, 운명이라는 말, 인연이라는 말도 우연에 대한 결과론적인 판단이지 않은가. 소년은 운명까지 떠올려 생각을 확장해 보지만 시 낭송과 연결하는 상상까지는 힘이 닿지 않았다.

"그래서 낭송을 할 때 낭송하는 이의 이야기가 들어가야 한다네. 시어들은 이야기들을 걸치는 옷걸이 같은 거지. 바닥에 흐트러진 옷들을 가지런히 걸어 온전하게 보이게 하는 도구가 된다네. 걸려있는 옷 사이는 어떠한 연결이 없어도 어색하지 않으니 걱정 말게. 거기에 진실이 있으니 말일세. 내 이야기니 누가 봐도 진정성이 우연의 조각들을 진실의 필연이라 여기고 그들도 들으면서 자신의 이야기를 끌어내 만끽하는 거지."

***

부우우우우!

이른 아침에 모닝 레코드를 하고 있는데, 노인으로부터 신문기사가 링크된 문자 한 통이 도착했다.

9년 만에 국어과 교육과정 개정 확정 발표!

노인과 관련된 기사로 예상했으나 전혀 다른 내용으로 보였다. 보통은 어떤 의견이나 감상을 덧붙이곤 했는데, 그마저도 보이지 않았다. 소년의 판단에 온전히 맡긴다는 뜻일 것이다. 굵은 글씨로 도드라지게 표기된 문구가 눈에 들어왔다.

—개정 특징

(…)

7. 체험 중심의 시 낭송 교육

비로소 노인의 의도를 알 것 같다. 줄곧 고민해 온 읽기, 쓰기, 말하기, 듣기를 아우르는 교육을 실질적으로 학교에서 모든 학생들이 배울 수 있게 된 것이다. 소년은 언젠가 노인이 한 말이 생각났다.

"가장 바람직한 공부가 무엇인 줄 아는가? 그건 타인과 비교하지 않고, 자신이 가진 능력과 자기만의 방식으로 해내도 결코 틀리지 않는 공부! 바로 그것일세. 세상에서 유일한 목소리로 개성 있는 감성을 사용해 시를 낭송하는 것이 얼마나 아름답고 숭고한가. 학창 시절에 인성은 물론이고 삶의 방향과 가치마저 스스로 찾게 해주지. 게다가 더욱 의미 있는 건 말일세. 시 낭송은 경쟁하지 않고도 개개인이 성장하는 일이 가능하다는 걸 몸소 깨닫게 해준다는 것이네."

소년은 노인의 바람을 들어왔지만 현실에서 얼마만큼의 파장과 효과가 있는지는 실감이 나지 않았다. 그러나 검지로 휴대전화를 두어 차례 밀어 올리자 화면에는 교육 방향이 효율이 아닌 가치로 가고 있어 환영한다는 측의 의견과 대학 입학시험에 하등도움이 안 된다는 측의 의견이 끝말잇기 하듯 서로 번갈아 가며 올라왔다.

1930년대, 한국의 마지막 비파 명인이 사라졌다. 안타까움을 더하는 건 그에게 후계자가 없었다는 사실이다. 그 후 비파 연주가 사라진 것은 아니었으나, 축적된 노하우를 직접적으로 전수받지 못하고 서적을 통해서만 가능했다. 그런 탓에 다시 처음부터 간접적인 시도와 상상으로 훈련해 연주할 수밖에 없었다. 이를 심각하게 본 교육부는 초등학교 음악과 교육과정에 국악을 넣기로 결정했다. 초중고 음악 교과서에 국악이 30퍼센트 이상 실린 이유에는 절박한 위기의식이 있는 것이다. 소년은 최근에 세계적으로 주목받고 있는 케이팝 인기곡에 국악이 삽입되어 있는 것이 새삼스럽지 않은 이유가 학교 교육에 있다고 생각했다.

***

소년이 참가할 시 낭송 대회는 심사 기준이 처음부터 공개되었다. 특별한 공표 없이 대회를 치르는 일이 다반사인데, 이 대회는 기준을 참가자에게 알려 대회의 수준을 높이려는 취지로 보였다.

▨ **심사 기준**
1) 시 선택과 시 이해
2) 시의 감성 연출 능력

3) 발성, 발음, 호흡

4) 전체적인 무대 매너

   소년은 각각의 항목을 적으며 그 의미를 정리했다. 시 선택은 경쟁하는 무대에서 절대적인 요소이다. 3분 내외의 낭송하기 좋은 시를 고르기란 쉽지 않다. 소년은 시 선택에 많은 시간을 할애했다. 될 수 있으면 대회에서 다루지 않은 시를 위주로 골랐다. 여러 편을 동시에 읽고 며칠 뒤에 한 행이라도 분명하게 떠오르는 시를 선택하기도 했다. 이번에는 한 연이 통째로 기억에 남아 큰 고민이 없었다. 그건 시가 내 이야기에 녹아들었다는 반증이기도 했다.

   다음으로 시를 이해한다는 건 분석적인 차원보다는 정서적인 관점에서 그러하냐는 것이다. 꽃을 좋아하지 않으면서 꽃을 제대로 노래할 수 없다. 낭송은 꽃을 좋아하지 않는 이의 마음마저도 돌려놓을 힘을 가져야 한다. 때문에 이해하라는 말은 사랑의 깊이와 이해의 폭을 가졌느냐를 묻는 것이다. 왜 감정이 아닌 감성일까. 감정은 연출의 대상이 아니다. 촛불 아래 그림자는 만드는 것이 아니라 초에 불을 붙이면 자연스레 만들어지는 것이다. 그림자가 감정이며, 어떤 초를 켜느냐가 감성이다. 시의 감성 연출 능력을 본다는 것은 시를 장악하는가 그리고 시가 악보라면 악기를 선택하는 감각이 있는가를 보는 것이다. 그러니 익숙하거나 빤한 선택은 실패한 연출이 된다.

발성, 발음, 호흡을 본다는 것은 낭송의 순간보다는 낭송 이전의 상태를 살피겠다는 것이다. 기본기라고 할 수 있는 읽기 능력은 말하기 능력으로 이어지는데, 낭송은 그 사이에 위치해 있다. 낭송만을 위한 발성, 발음, 호흡은 없다. 탄탄한 읽기 능력만이 낭송을 견고하게 떠받쳐 준다. 2층이 없는 3층 건물은 없다. 즉, 기본에서부터 출발을 했느냐고 묻는 것이며, 또한 급한 시도를 경고하는 것이다.

무대 매너의 핵심은 공연의 볼거리 제공이다. 무대 매너를 화려한 의상으로 국한해서 해석하면 안 된다. 무리한 퍼포먼스도 아니다. 그렇다면 남은 것은 내면에서 나오는 매력밖에 없다. 매력은 독특한 성질이 있어서, 매력을 의식하는 순간 달아나고 만다. 온전히 타자의 것이다. 매력의 본질은 의도적 발산이 아니라 자연스러운 수용이다. 낭독자가 가만히 자신의 낭독에 몰입할 때 가능해지는데, 몰입의 질이 관건이다. 불필요한 감정으로 치달을 경우 매력은 소멸되고 그 자리에 신파가 화려한 빛깔의 독버섯처럼 피어난다. 그럼 답은 명료해진다. 진솔한 나의 이야기만이 그 자리를 온전하게 메울 수 있다. 소년은 마지막 항목까지 놓칠세라 꼼꼼히 살피며 적었다. 비로소 자신의 낭송에서 무엇을 해야 하고 무엇을 하지 않아야 하는지 이제는 분명해짐을 느꼈다.

9장

×

할 때 힘들면 일, 안 할 때 힘들면 사랑

SNS에서 화제가 된 놀이가 있다. 일명 '회춘 보이스' 앱으로 시 낭송을 업로드하는 것이었다. 현재의 할아버지, 할머니의 목소리를 정해진 샘플 문장 일곱 개만 녹음해 앱에 입력하면 자체 프로그램에 의해 건강한 20대의 목소리로 전환해 주는데, 이 기본 목소리를 바탕으로 소설 낭독이나 시 낭송이 가능했다. 노년의 이용자 대부분이 젊은 목소리를 배우자에게 들려주니 다시 청춘으로 돌아간 기분이 들고 만족한다는 이용 후기를 남겼다.

때마침 노인의 연구논문 초록이 발견되었다는 기사가 나오던 참이었다. 이는 37년 전 독일의 유력한 문화 학술지 《복스 쿤스트(VOX KUNST)》에 발표되었다는 한 줄 기사만 남아있을 뿐이었다. 동양인 최초로 해당 학술지에 실린 것은 물론이고, 시 낭송을 아리스토텔레스의 《시학》과 연결했다는 점도 주목받은 이유였다. 그러나 그 자료는 뭉게구름 같은 입소문으로만 전해질 뿐 실체는 미궁이었다. 어느 기자는 노인의 연구논문은 존재하지 않으며 가짜 뉴스라는 기사를 신문에 자세하게 게재하기도 했다. 비로소 그 존재의 진실이 반세기 만에 입증된 셈이었다. 어느 발 빠른 네티즌이 독일어를 우리말로 번역하고 노인의 목소리를 앱으로 젊게 변형해 미학 개념과 연결되는 시들을 골라 시 낭송으로 생성했다. 소년은 이 소식을 노인에게 급히 전했다. 노인은 허허 웃을 뿐 특별한 말은 하지 않았다. 아래에 논문을 원본 그대로 옮겼으나, 문서가 훼손되었거나 추정에 실패한 탓에 누락된 부분이 있다.

시 낭송에서의 미학 요소와 개념들

0. 왜 시 낭송인가_시 낭송과 연출 미학
:: 《시학》에서 말하는 시는 '포이에티케'로, 서정시와 서사시를 포함해서 '만들어 낸 것', '창작물'을 통칭한다. 근원에 입각해 긴 역사를 가진 시의 음성적 표현 예술인 '현대 시 낭송'을 다시 미학 개념으로 보는 것은 의미 있는 시도가 될 것이다.

:: 시 낭송이 품고 있는 창조의 영역과 예술의 영역을 아리스토텔레스의 《시학》에서 언급된 미학 개념들로 접근해 살펴본다.

1. 시 낭송과 미메시스

:: 인간에게는 어릴 때부터 이미 모방 본능이 있다. 인간이 다른 동물들과 구별되는 부분도 처음에는 모방을 통해서 배우고, 모방하는 데 가장 뛰어나며, 모방된 것에서 기쁨을 느낀다는 것이다. 《시학》, p. 18

:: 시를 낭송할 때에는 '~인 척(imitation)'이 아닌 '~되기(mimesis)'에 기초해 발화한다. 이는 시어를 형상화하고, 낭송가의 실질적 이야기와 감성을 담아 전달하는 데 결정적인 역할을 한다.

:: 참고 시 낭송 — 윤동주, 〈서시〉*

2. 시 낭송과 플롯

:: 플롯에는 반전과 인지라는 두 요소가 있고, 셋째 요소는 수난이다. 《시학》, p. 42

:: 시 낭송에서도 플롯이 존재하는데, 무언가를 모르다가

---

* 참고 시 낭송은 〈시 낭송 QR 코드〉(239쪽)에서 들을 수 있다.

아는 상태로 바뀌게 하는 '인지'의 형태가 있다. 낭송가는 이를 표현하는 데 정서보다는 사건으로 전달할 수 있다.

:: 참고 시 낭송 — 에드거 앨런 포, 〈애너벨 리〉

3. 시 낭송과 콤플렉스

:: 페르소나(persona)/하마르티아(hamartia)

무의식 속 열등한 인격 — 페르소나

자신의 의도와 다른 결과를 초래한 상황 — 하마르티아

:: 현대시나 젊은 시인들의 시를 낭송할 때에는 페르소나 개념이 적용될 수 있다. 행간 사이의 무의식을 적극적으로 의식해서 표현해야 하는데, 이때 콤플렉스가 작동하게 된다.

:: 참고 시 낭송 — 기형도, 〈입 속의 검은 잎〉

4. 시 낭송과 카타르시스

:: 두려움과 연민에서 오는 쾌감이다. (아리스토텔레스)

:: 동일시 효과를 통해 카타르시스를 느낀다는 점에서 시 낭송은 시인의 체험을 낭송가의 목소리에 담아 청자로 하여금 동일한 체험을 가지게 한다.

:: 참고 시 낭송 — 이○○, 〈○ 사람을 사랑○○〉

5. 시 낭송과 낯설게 하기

:: ○ ○○○○ ○○○○

:: 예술로서의 시 낭송은 익숙함을 늘 경계한다.

:: 참고 시 낭송 — 이상, 〈거울〉

6. 시 낭송과 톨레랑스

:: 타인의 사상과 생각에 대한 이해, 관용.

:: 다른 장르와의 콜라보가 가능해야 한다. 시와 비슷한 노랫말, 드로잉 영상과 결합으로 다른 성질의 예술과 결합할 수 있다.

:: 참고 시 낭송 — ○○, 〈○○○ 가자〉

7. 시 낭송과 미학적 시선

:: 진짜(현상)/ 진실(본질)/ 진정성(소통)

:: 시 낭송에서의 진정성과 소통은 절대적이다. 진실에 가닿지 않으면 외면당할 수 있다. 시인이 표현한 것과 다른 진실을 낭송가는 담아내 전달해야 한다.

:: 참고 시 낭송 — 신경림, 〈농무〉

8. 결론

의미 찾기보다는 의미 부여에 가치를 두고 미학 개념들을 시 낭송이라는 예술 분야에 적용해 고찰해 보았다. 시 낭송 또한 예술의 한 형태로서 충분한 미학적 가치를 가지고 있으며….

*　*　*

소년을 만나러 가기 전에 노인은 서둘러 책의 서문을 작성하고 있었다. 생의 마지막을 향해 걸어가는 시점에 진행하고 있는 두 번째 프로젝트는 시 낭송에 대한 깊은 사유를 기술서가 아닌 인문학적 어조의 대중서로 펴내는 것이었다. 가제는 '생활 예술로서의 시 낭송'이었다. 이마저도 출판사 측의 개입으로 수정된 안이었다. 처음 노인이 제시한 것은 '시 낭송의 근원과 본질'이었으나, 이는 상업적으로 취약하다는 의견에 부딪혀 무산됐다. 노인은 기존의 시 낭송 관련 서적에 적잖이 불만을 가지고 있었던 터였다. 그가 제목에까지 고집스럽게 붙이고자 했던 '근원'이라는 개념은 물리적 시간으로서의 시작점이 아니라 시 낭송이 일어나는 순간의 인과적 사유나 관계의 사건을 이르는 말이다. 과거의 어느 순간이 아닌 현재의 발화 순간이 더 중요한 지점이라고 세상에 활자로 전하고 싶었던 것이다. 또한 시 낭송의 본질도 두루뭉술하게 다룰 것이 아니라 시 낭송가, 시, 목소리, 낭송 행위를 독립적으로 다루고 네 가지 측면의 상호작용에 대해서도

심도 있게 다룰 작정이었다. 초기 구상한 영역이 갈수록 깊어지고 넓어져 700쪽 분량은 족히 넘는 두꺼운 책이 나올 것으로 예상되었다.

노인은 소년을 만나기 전에 잠시 공원을 산책하려다가 발길을 돌려 영화관으로 향했다. 여덟 개의 상영관을 가지고 있는 멀티플렉스 극장이었는데, 다섯 개의 관이 하나의 마블 영화를 상영하고 있었다. 베를린영화제에서 수상했다는 두 편의 영화는 늦은 시간대에 듬성듬성 편성되어 있었다. 당장 볼 수 있는 영화는 온통 오락 영화뿐이었다. 잠시 매표소 앞을 서성이다 비치되어 있는 광고 포스터를 집어 들었다. 줄거리는 도통 이해가 안 되는 내용이었다. 노인은 알 수 없는 커다란 사연을 품고 있는 판타지 세상을 경험해 보는 것도 나쁘지 않겠다고 판단하고 표를 끊었다. 이 세상도 매 순간 알 수 없는 판타지가 아닌가. 자리에 앉자 광고가 스크린에 쏟아지는 사이 옆자리에서 두 젊은 남자가 흥분된 어조로 이야기를 나누고 있었다. 얼핏 들려오는 단어는 '세계관'이었다. 현 세계관을 초월하는 개념들을 이해해야 두 시간의 영화가 오락이 될 수 있다. 그렇지 않으면 예쁘고 현란한 컴퓨터 그래픽 영상을 감상하고 나오면 될 것이다. 우려와 달리 노인은 젊은 시인들의 현대시를 감상하듯 영화를 즐겼다. 개연성을 무시한 전개는 시의 행과 행을 이해할 때와 같은 유쾌한 긴장이 있어 신선했다. 영화 줄거리보다 더 이해가 어려운 쿠키 영상을 보면서는 노인 혼자 웃지 못했다. 각자의 느낌을 온전하게 위임하는 이 영화는 세계관을 모르고 감상하는 노인을 소외시키지 않고 오히려 다른 빛깔로 매료시켰다. 노인은 미로 같은 영화관 출구를 걸어 나오면서 다음 이야기가 궁금해졌다.

***

소년을 보자마자 노인은 인사말을 할 때의 표정으로 그것과 어울리지 않는 무게의 질문을 던졌다.

"시 낭송가의 일은 무엇이라고 생각하는가?"

'시 낭송가는 무엇인가'의 정의도 아니고, '시 낭송가가 낭송 말고 다른 어떤 일을 했던가' 하는 여러 파생된 질문들이 원래의 그것을 비집고 들어와 소년의 머릿속에서 맴돌았다. 노인이 질문을 허투루 한 적이 없는 걸 아는 소년이기에 생각을 질문 주위에서 더듬어 보지만 별 소득이 없었다. 소년은 일처럼 낭송을 해본 적은 없으나, 어젯밤 일기장에 털어놓은 독백이 잔뜩 움츠리고 뛰어오른 개구리처럼 입 밖으로 튀어나왔다.

"선생님! 가끔씩 이 일이 내 일인가 싶을 때가 있는데, 어떻게 그 기준을 판단하면 좋을까요?"

수술 환자가 마취 주사를 맞고 나서 시간이 지나 약효가 떨어지면 주기적으로 통증이 밀려오듯이 그런 마음이 들기도 했으나 심각한 고민거리는 아니었다.

"회사에서 신입 직원과 사장 중에서 어느 누가 휴가 기간이 길어질수록 마음이 무거울까를 상상해 보게. 내 일의 책임이 클수록 일을 할 때보다 일을 안 하고 있을 때 힘이 더 들지 않겠는가. 자네가 시 낭송을 할 때가 힘든지 안 할 때가 더 힘든지를 가만히 생각해 보면 분명해질 것이네."

소년은 원하고 좋아하는 일을 하면서도 자신 없었던 순간들이 떠올라 문득 부끄러워졌다. 이어 그 기준도 확고해졌다. 시 낭송 대회를 준비하며 낭송 공연을 하지 못한 공백이 힘든 이유를 알 것 같았다. 할 때에는 몸이 힘들었지만 안 할 때에는 마음이 힘들었던 것이다. 노인의 질문이 엉뚱하게 흘러 다른 길로 들어서게 되었으나 그 길의 풍경도 나쁘지 않았다. 길을 잃어버리니 진짜 여행이 시작되었다. 소년은 노인 앞에서 대회에서 낭송할 시를 읊었다. 공연 이후로 의식해서 한 건 처음이었다. 다수보다 단 한 명 앞에서 하는 것이 더 긴장되었다. 생각이 많아지면서 강약과 완급이 거칠었고 어미가 흔들렸다.

"낭송은 연설도 아니고 강연도 아니지. 무엇을 설명하려고 애써도 안 되고 무엇을 가르치려고 해서도 안 된다네. 자네가 그렇다는 건 아니라네. 낭송자가 청자와 교감하려는 의지와 소통의 리듬을 놓치게 되면 균형이 깨지면서 위압감을 주며 그런 부작용이 드러나게 되는 걸세."

균형을 잡으려고 노력할 때가 균형을 깰 때보다 더 많은 집중력과 에너지가 필요했다. 노인은 기교와 기술에 대한 어떠한 언급도 하지 않았다. 그럼에도 불구하고 소년은 어긋난 뼈들이 제자리를 잡은 듯 찌뿌둥했던 감성과 열정이 기지개를 켜고 있었다.

10장

×

게으른 나무는 없다

무언가를 시작하기에 좋은 날은 오지 않는다. 그것은 당연하다. 모든 날이 시작하기에 좋은 날이기 때문이다. '나중'이라는 때를 기다리느라 '지금'이라는 기회를 놓치는 어리석음은 타이밍 포착 능력이 아닌 타이밍 획득 의지의 문제다. 날마다 연습 일기를 쓰는 일이 그러했고, 몸을 움직여 시 한 편이라도 소리 내어 그려보는 일이 그러했다. 소년은 날마다 매 순간이 시작의 문을 여는 일이라고 생각했다. 시작의 문에서 문고리만 찾으면 해결되는 것이었고, 문고리는 늘 문 어딘가에 붙어있기에 조금만 수고를 한다면 그리 어렵지 않았다. 혹시 문고리가 없더라도 문을 세차게 밀거나 그것도 여의치 않으면 문을 부수고 들어가면 될 일이었다. 문을 여는 데 있어 상당 부분의 역할은 문이 아닌 소년에게 맡겨져 있었다. 온통 벽이었던 때가 있었다. 사방이 벽인 상태. 어디에도 세상으로 통하는 문이 없는 상태. 방이 아닌 상자 안의 삶. 그때는 몰랐다. 한없이 자신 안으로 매몰되는 날들. 상자에서는 문을 내는 것이 아니라 해체를 하는 것이라는 사실을. 상자는 늘 벽보다 두껍지 않고 견고하지 않다. 그 안에 있는 자신의 마음이 벽보다 완고하고 무기력해져 상자를 벽보다 단단하다고 여기기에 나오지 못하는 것이다.

소년은 해야 할 일과 하고 싶은 일보다 그나마 할 수 있는 것들을 찾으려 했다. 그것은 결코 대단하거나 가치가 있는 것은 아니었다. 상자를 해체하는 데 꼭 날카로운 도구가 필요한 건 아니다. 젓가락도 괜찮고 볼펜도 괜찮았다. 무엇이라도 집어 들기 편하면 아무것이라도 문제가 되지 않았다. 소년에게는 노랫말 낭독이 상자를 해체하는 도구였다. 시 한 줄 읽어내기 힘겨웠던 그 시절에 노랫말은 위안이 되었다. 멜로디보다 노랫말이 소년에게 수시로 안부를 묻고 질문을 던졌고 자꾸 괜찮다고 위로했다. 20세기 말의 노랫말들은 그야말로 답답증 치료제였다. 보석을 좋아하지 않는 소년은 주옥같다는 표현을 싫어하지만, 이 노랫말들을 읽을 때면 이 표현 외에는 다른 표현이 떠오르지 않았다. 소년이 녹음했던 노랫말들을 지금 들어보면 이별과 사랑의 아픔을 노래한 가사들이 대부분이지만, 소리 내어 읽어낼 때의 효과는 놀라운 정도로 희망적이었다. 마치 뜨거운 국물을 들이켜는데 시원하다는 말이 절로 나오듯 말이다.

'시작'이라는 글자를 소리 내어 말할 때면 '시'를 길게 끌다가 '작'에서 짧고 단호하게 마무리한다. 시작은 준비 단계 상태에서는 신중하지만 그것이 선언되는 순간에는 단순하고 민첩하게 임하라는 것으로 들린다. 소년은 노인을 만날 때마다 시작하는 마음을 매번 다르게 가지리라 다짐했다.

***

소년은 밤새 만족할 만한 수면을 하지 못했다. 불안이 느닷없이 밀려오는 날이면 어찌할 도리가 없었다. 잘 청소해 둔 방에서 징그러운 벌레를 만났을 때처럼 몸을 최대한 떨어뜨려 벽에 밀착하고 시선을 그것의 움직임에 따라 조금씩 따라가 본다. 작은 공포는 벌레가 책장 뒤 틈새로 숨어드는 순간 커다란 불안으로 바뀐다. 불안은 그 실체가 보이지 않을 때 자신의 덩치를 키워 위협한다. 차라리 그 실체가 덩치 큰 벌레라면 스프레이 살충제라는 대책이 있을 텐데. 소년은 막연하고 답답하고 대책 없는 밤을 보낸 것이다. 무엇 때문일까. 소년은 지난 기억들에서 막 시작한 직소퍼즐의 조각을 고르듯 더듬어 보았다. 눈에 띄는 이미지의 퍼즐만 찾아도 주변의 퍼즐 고르기는 수월해질 것이고, 전체적인 실체도 금세 파악이 될 것 같았다. 소년 앞에 흩어져 있는 조각들은 깊은 바닷속 이미지를 표현한 1천 피스짜리 난이도의 파편들이었다. 모두가 비슷하면서 미세하게 다른 모양을 가지고 있다. 무심코 작은 원인이 이 지경으로 소년을 몰고 왔을지도 모른다. 대체로 불안은 사고처럼 당하는 것이라 피해자의 심정이 된다. 언젠가 노인과 나누었던 대화가 떠올랐다.

"해야 할 이유를 찾아야 하는데 그러질 못합니다."

"그럴 때에는 하지 않아야 할 이유를 떠올려 보게. 어떤가. 해야 할 이유만큼 하지 않아야 할 이유도 명확하지가 않을 걸세. 그렇다면 애초부터 그 고민은 의미가 없는 질문이었던 거지."

나의 길을 가다 보면, 확신이 섰다가도 이내 길을 잃어버리곤 한다. 인색한 표지판 기호보다 친절한 누군가의 안내를 실시간으로 받으며 가고 싶기도 하다. 그러나 그것은 불가능하다. 그 손을 잡는 순간 나의 길이 아닌 것이 되기 때문이다.

소년은 계획에 없던 일출을 보며 막 떠오르는 태양이 불안의 실체는 아닐까 하는 생각에서 불안은 불만의 또 다른 내적 혼란이 아닐까 하는 생각에까지 이르렀다. 이럴 때일수록 낯선 누군가의 정제된 목소리를 듣는 것도 괜찮겠다 싶어 라디오를 틀었다. 소년은 이내 실망했다. 라디오에서는 밤새 사건, 사고와 정치, 경제 뉴스로 세상의 불안한 이야기들을 쏟아내고 있었다.

***

애초부터 예술은 뜬구름을 잡아다가 박제하는 일이었다. 아직까지 뜬구름을 거두어들였다는 이야기도 없고 뜬구름을 박제한 사례도 없으니 제대로 된 예술이 완성된 적이 없었다고 봐도 무방하다. 누구나가 뜬구름을 잡아보지만, 그 행태는 자랑스러워 보이지 않아서, 매번 없었던 일이 되어버린다. 약속된 시간과 장소에서 공을 차야 그것을 운동 경기라고 인정할 것이다. 게다가 뜬구름을 박제하는 일은 얼마나 속 터지는 일인가. 흩어지지 않게 구름을 잡는 일부터 부패 방지를 위한 솜이나 대팻밥을 구름 사이사이에 넣는 일까지 꼼꼼히 구름을 다뤄야 할 테니 말이다. 세상은 여기까지만 하자고 해도 미쳤다며 내민 손을 매몰차게 뿌리칠 것이다. 그런 것이 어디 있느냐고 할 것이다.

뜬구름이 존재하는 것을 부정할 수 없다. 박제하는 일도 실제 존재한다. 그 사이가 연결될 수 없다고 지레 판단하고 아무도 시도하지 않았을 뿐이다. 그걸 한다고 밥이 나오냐 술이 생기냐 할 것이다. 노인은 시 낭송이야말로 저 하늘의 뜬구름을 바가지로 퍼다가 살아있는 듯 고정시키는 일일지도 모르겠다고 생각했다. 노인 앞에 던져진 시들은 뜬구름처럼 제 모습을 순간순간 바꾸며 흐르고 있었고, 낭송은 추상의 모양을 실감 나게 잡아가는 박제의 과정과 지독히도 흡사했다.

노인은 구름을 소리로 표현하려 애쓴 적이 있다. 구름의 종류들만큼 목소리에 묻어나는 다양한 감정들을 구분해 전할 수 있다면 그것은 박제의 완성이 될 거라는 확신도 했다. 구름 사이에서 비, 천둥, 번개가 생기듯 수많은 감정의 소리 사이에서 사건이 꿈틀대고 나타났다 사라지곤 했다. 이 순간을 포착하는 것이 진정한 감성의 획득이었기에 노인의 이 같은 집착은 충분히 이해가 갔다. 노인은 한참 동안 하늘을 올려다보았다. 구름 한 점 없는 청명한 하늘이다. 높이도 깊이도 가늠할 수 없는 끝없는 파랑. 지구상에 살아있는 생명체들 중 단 두 종만이 파란 색소를 지닐 만큼 인공에 가까운 색, 파랑. 바다도 파랑이 아니듯 하늘도 파랑이 아니다. 빛의 장난으로 인간의 불완전한 망막에 맺힌 허상일 뿐이다. 구름이 없으니 하늘이 더욱 가짜로 보였다. 하늘에는 뜬구름만이 진짜가 아닐까. 신은 인간에게 가끔씩 진실을 보여주는 걸지도 모르겠다고 노인은 상상했다. 뜬금없이 나타났다 사라지는 뜬구름 같은 것을 통해서 말이다.

***

과정에서 내가 불편해질수록 결과의 수혜자인 세상은 딱 그만큼 편해지는 법이다. 불편 보존의 법칙은 시 낭송에서도 적용된다. 불편이라 함은 이유 있는 불만을 스스로에게 짊어지우는 일이다. 소년이 언젠가 들었던 인사동 어느 갤러리에서 만난 큐레이터의 말 한마디는 그날 본 작품들보다 오래 남아있다.

"하루 만에 그린 그림은 1년이 지나도 팔리지 않지만 1년 동안 그린 그림은 하루 만에 팔리죠."

소년 또한 하루 만에 시 한 편을 암기해 무대에 선 적도 있지만 지금은 그 시의 제목도, 그 무대의 풍경도, 관객의 표정도 기억에 남아있지 않다. 긴 시간 시를 골라 준비하는 것은 집을 짓는 일과 닮아있다고 소년은 생각했다. 주변의 자연 경관과 조화를 이루어야 하고, 주거하는 이들의 생활 양식과 삶의 가치를 담아내야 한다. 이는 단시간에 완성해 내는 간편한 주거 형태인 텐트를 치는 것과 사뭇 다른 일이다. 높이 지어 올릴수록 깊고 넓게 기반을 다져야 한다. 문을 내고 창을 내는 일도 이유와 의미에 따라 재료와 크기가 달라진다. 급히 지은 텐트에서는 몸을 온전히 세울 수도 없고, 그 안에서 운신의 폭이 좁다. 이에 반해 자기 이야기를 충분히 녹여낸 건축물에는 타인을 초대할 수 있고, 그들의 이야기를 듣는 여유를 부릴 수 있다. 외적으로 견고하고 내적으로는 풍성해지는 것이다. 한 편의 시가 고유의 모양을 가진 한 채의 집으로 탄생하는 과정이다. 처음에는 이런 지난한 준비 과정이 불편하고 어려웠으나, 반복하면 할수록 소년은 이 방법에 매달릴 수밖에 없었다.

소년이 시를 다루는 방식이 달라지고 있었다. 그간의 시들은 마치 주거를 목적으로 하는 집 짓기가 대부분이었다. 이제는 그 목적과 가치에 한층 변화를 주고 싶어졌다. 미약한 시 낭송이지만 좀 더 크고 넓은 의미로 존재할 수는 없을까. 나의 이야기에만 갇히는 것이 아니라 우리 모두의 이야기를 담아내는 공간으로서의 낭송을 고민하고 있다. 기존과 달리 톤과 시선부터 결이 달라야 하니 새로운 창법을 찾고자 하는 가수와 같이 두렵고 설렜다. 소년은 그 마음과 구상들을 일기장에 누드 크로키 하듯 조심스레 적었다. 그리고는 그 말미에 'Todo Ira Bien!'**이라고 중요한 사안에 결재하듯 또박또박 정자로 적었다.

***

원래 노인의 방은 기다란 사각형 모양을 하고 있으나, 침대에 누워 천장을 보면 정사각형처럼 보인다. 가로세로의 간극만큼 폭을 가진 옷장이 왼쪽 벽을 채우고 있기 때문이다. 침대 머리맡의 통창을 뺀 나머지 니은 자 벽은 5단 책장이 가리고 있다. 애초에 이런 수납 형태를 선호하는 거주자를 위해 책장이 벽을 대신하거나 매립된 구조라면 어떨까. 벽과 닮은 책장이 이중으로 겹쳐 좁은 방을 이토록 아늑하게 만들지는 않으리라. 한때는 강한 지

** '다 잘될 거야'라는 뜻의 스페인어.

진이 밤새 방을 흔들어 잠든 노인의 몸으로 우박처럼 책이 쏟아져 죽는 것도 나쁘지 않은 죽음이겠다고 생각하기도 했다. 누군가 그 모양을 보고 책 무덤이라고 부르거나 누군가는 책 고인돌에 묻힌 낭송가라고 기억할, 동화 같기도 하고 시적이기도 한 삶의 마지막 모습을 그려보다 소년에게 건넬 두 권의 책을 골라 가방에 넣었다.

"이 책들을 소리 내어 읽고 노트에 천천히 옮겨 적어보게."

한 권은 국내 단편소설이었고, 다른 한 권은 얇은 철학서였다. 노인은 책을 펼치며 소년의 앞에 놓았다. '아내는 하루에 두 번 세수를 한다'라는 문장이 눈에 들어와 소년은 또박또박 읽었다. '두'와 '세수'에서는 장음도 놓치지 않았다. 그러고는 펜을 들어 필사하기 시작했다. 오래 방치되어 있던 펜은 공책에 자국만 남긴 채 잉크는 묻어나지 않았다. 공책 여백에 원을 세 번쯤 그린 후에야 잉크가 나오기 시작했다. 펜을 옮겨 쓰는데 히읗과 리을이 맘에 들지 않았다. 3획의 리을을 소년은 1획으로 새 을(乙) 자처럼 쓰는 버릇이 있다. 쓰고 보니 디귿과 구분되지 않는다. '하루에 두 번'이 '하두에 루 번'으로 보인다. 고쳐 쓰려 하자 노인은 다른 책을 건네며 펼친다. 책의 오른쪽 맨 윗부분에는 이렇게 적혀있었다.

'오히려 여유로울 능력이 없는 것이 게으름의 징표다.'

부지런함이 왜 게으르다는 거지? 아궁이 속 불씨처럼 불쑥불쑥 궁금했으나, 묻고 따질 겨를이 없었다. 이번엔 균형과 형태가 불만이다. 글자 간격과 기울기 들이 제각각 불손하다. 어려운 부탁을 하는 글씨였다면 내용과 상관없이 무례하다 느끼게 했을 것이다. 펜을 온몸으로 쥔 듯 굳어지고 열이 났다.

"말하기 전에 이렇게 읽고 써보게. 낭독도 예외는 아닐세."

노인은 쓰는 것은 결국 자신의 생각 쓰기이며, 필사가 좋은 훈련이라고 했다. 그리고 당부의 말도 덧붙였다. 말하기를 잘하려고 말하기만 훈련하는 것은 방법이나 유연성의 범주를 협소하게 한다고 했다. 환부에 직접 침을 놓는 것과 통증 부위로부터 가장 먼 곳에 놓아 몸 전체의 기와 혈을 통제하는 것 중 어느 쪽이 더 잘 다루는 것일까 생각해 보라는 것이었다. 소년은 진정한 필요는 쓰이는 방식이 꼭 직접적이지 않고 우회적이어도 강력한 힘을 발휘한다는 깨달음을 얻었다.

***

나란히 길을 걷던 노인과 소년은 작은 벤치를 발견하고 멈추었다. 나설 때보다 그림자가 한 뼘 정도 길어져 있었다. 나무 그늘 속 벤치의 맞은편에는 산만하고 풍성한 머리털을 가진, 밀대 걸레를 거꾸로 세워놓은 것 같은 버드나무가 서있었다. 키는 방금 지나온 전봇대보다 높고, 나무 둘레는 노인과 소년이 서서 두 팔을 펼쳐 감싸 안을 만했다. 노인이 청해 나온 산책이었다. 두 사람은 한참 동안 버드나무를 바라보았다. 고요한 바람 사이로 새 소리가 실려 다녔다. 입을 닫으니 귀에 들리는 것들이 풍성해졌다. 나뭇가지들이 내는 소리는 수다스러운 여인의 질문 없는 대답들 같았다.

"자네의 낭송이 저 나무 같기를 바라네."

벤치 주위로 바람이 멈추고 세찬 매미 소리도 지칠 무렵 노인이 낮게 읊조렸다.

"세상의 나무들은 잎이 진다고 나무로 존재하기를 포기한 적이 없어. 오히려 그걸 시간의 향기로 버텨내지. 한평생 살며 게으른 나무를 보질 못했네."

소년이 바라본 노인의 입은 버드나무 잎과 닮아있었고, 목소리는 버드나무 잎을 입에 물고 부는 피리 소리 같았다. 소년은 고개를 돌려 나무를 다시 보았다. 그새 버드나무는 흐트러진 자태를 고쳐 잡는 듯했다. 버드나무의 수많은 잎들이 입이 아니라 귀가 아닐까. 어느 섬에서는 도로를 내기 위해 나무를 제거할 때 베지 않는다고 한다. 마을 사람들이 나무 주위를 둘러서서 몇 날 며칠 커다란 나무를 향해 욕을 퍼부으면 나무는 말라 죽어 스스로 쓰러진다. 그건 나무의 잎들이 귀였기 때문이다. 나무들은 무수한 잎으로 세상의 소리들을 들으니 게으를 수가 없겠구나, 하고 소년은 생각했다. 소년은 자신 안에서 떠들고 있는 수없이 많은 불필요한 입들을 모조리 잎들로 바꾸고 싶어졌다. 버드나무 옆 몇

몇의 나무들은 겨우내 사라졌다고 했다. 잎을 포기하지 않고 붙든 탓에 그렇다고 노인은 말했다.

인간은 실패하지 않으려 하기에 매번 실패하는 것인지 몰랐다. 유충으로 3년간 물속에서 살다가 성충이 되어 세상에 나와 보지만 입이 퇴화되어 먹지 못하는 비루한 삶을 사는 하루살이를 보라. 과연 그들이 실패한 종일까. 무려 3억 년 전부터 세상에 살아남았는데도 그리 말할 수 있을까. 살아있는 동안 짝짓기 비행을 하며 죽을힘을 다해 일생을 살아내기 때문이다. 단 이틀, 사흘 동안!

이토록 자연은 게으를 겨를이 없다는 데 생각이 미치자, 벤치에 기대앉아 있던 소년의 구부정했던 허리가 자연스레 곧추세워졌다.

***

물리적인 이동은 온전히 내 발걸음이 아니더라도 가능하지만, 성장을 위한 움직임은 내 발걸음을 대신하는 무언가가 이 세상에 존재하지 않는다. 단 반 폭의 거리도 내 것이 아닌 방법으로 옮겨 갈 수 없다. 설령 갔더라도 흉내의 수고만 남아있어, 돌아보면 제자리걸음이다. 신은 인간에게 시시때때로 놀라운 거래를 제안한다. 어제와 닮은 듯 보이는 걸음을 오늘도 걸어가 보겠느냐고. 그대가는 인간이 상상할 수도 없을 실로 파격적인 것일 테니.

권태를 안을 수 있느냐, 성취를 가지려는 자여!

고독을 즐길 수 있느냐, 자신을 만나려는 자여!

치욕을 맛볼 수 있느냐, 사랑에 빠지려는 자여!

인간들 간의 거래는 좋은 것을 취하고 딱 그만큼의 대가를 지불하지만, 신과의 거래는 늘 인간의 힘겨움이 먼저 수행된 후 몇 곱절의 달콤함을 돌려주는 방식이다. 늘 깨달음과 성장이 덤이었다.

왜 권태롭지 않게 성취할 수는 없을까.

왜 고독 없이 나를 만날 수는 없는 걸까.

왜 치욕스럽지 않게 사랑할 수는 없는가.

반쯤 열어둔 창틀 사이에서 쳇 베이커의 무심한 듯, 달관한 듯한 목소리가 이러지도 저러지도 못하고 맴돌았다.

You don't know what love is until you've learned the meaning of the blues. [***]

목적지를 정해 두고 달려가는 노래가 아니었다. 그야말로 페레그리나티오(peregrinatio), 그의 노래는 갈지자로 배회하고 있다.

[***] 블루스의 의미를 알기 전에는 사랑을 모른다네.

삶의 골목골목을 헤집고 다닌다. 그것도 여행이라 말할 수 있을까. 세상의 온전한 것들은 굽어있어서 쉽게 알아차리지 못했다. 이제는 말할 수 있으려나, 직선의 구부러진 망상들을. 어리석은 이들은 반듯하고 매끈하게 마련된 직선에 올라타서는 박차를 가한다. 가장 빠르게 무너지고 최대한으로 우회한다. 돌아가는 줄도 모르고 돌아가다 길을 놓치는 줄도 모르고.

아무리 걸음이 떼어지지 않아도 지금 이 순간을 생략할 수도 외면할 수도 없다. 그럴수록 쉬운 길을 선택하려는 유혹이 판단을 흐리게 할 것이다. 소년은 가만히 멈추어 서서 생각해 보았다. 내가 꿈꾸는 반대편의 그곳이 갖는 의미를. 그것을 알아내기 전까지 우리는 이곳의 의미를 절대로 알 수 없다.

***

사진 찍는 일은 노인에게 발을 떼지 않고 하는 걷기와 같았다. 걷는 일이 발을 움직이며 하는 묵상인 것처럼, 이 모두는 다른 이름을 가진 같은 행위인 듯 온전하게 마음에 가닿을 때에만 그나마 봐줄 만큼 완성되었다. 항상 마음이 피사체였고, 초점이 어긋나면 늘 취사 타이머가 끝나지 않은 전기밥솥의 뚜껑을 열고 음미한 밥처럼 부질없는 노릇이 되어버렸다. 출사라고 하기에도 민망한 이번 나들이는 좋은 풍경을 건져 오는 것보다 헝클어진 마음을 정돈하고픈 의도가 더 컸다. 노인은 재개발을 앞두고 있는 어느 도심의 골목길을 가다가 낮은 철제 대문 사이로 피어난 꽃을 보았다. 나팔꽃인가 하다가 잎 모양이 심장을 닮지 않아 시선을 담장 너머로 던졌다. 약초의 이름은 두루두루 섭렵하고 있는 노인이지만 꽃 이름은 부끄럽다. 어여쁜 여인을 부르듯 꽃을 불러본 적이 없다. 반복해서 부르는 것은 호명하는 대상을 인화해서 앨범에 사진을 붙박듯 내 안에 차곡차곡 간직하는 것과 다르지 않았다. 부르는 것들과 부르지 않는 것들은 각기 다른 길로 떠났다. 세상 모든 것들은 불러서 내 길로 오게 하는 것이 아니라 불러서 제 갈 길로 떠나보내는 것인지도 모른다.

사진 찍는 일은 황홀했던 과거보다 평범하게 스쳐 지나가는 지금이 여전히 더 우월하다고 항변하는 것과 같다. 그 수많은 장미 사진들을 두고도 지금 노인은 셔터를 누르고 있다. 더 나은 장미 사진을 얻기 위해서가 아니라, 지금 노인의 마음이 장미를 '리라이팅' 하고 싶은 것뿐이었다. 이곳에서 처음 맡아보는 장미 주변의 공기, 그 옆을 무심히 지나가는 사람들의 낯선 표정들, 그 위를 비행하며 지저귀는 새들의 찬란한 무관심이 노인에게 장미를 찍으라고 명령하는 것이다. 그것으로 그친다면 노인도 참았을 것이다. 말할 수 없는 상처가 보이고 알 수 없는 슬픔의 음성이 어디선가 들려오는 것만 같았다. 같은 사물을 찍어도 나중에 보면 그것은 다른 무언가가 되어있었다. 감상할 때마다 다른 느낌이었다. 보는 이마다 다른 느낌을 이야기했다. 그때마다 시 낭송도 그러하다고 말해주고 싶었다. 틈이 있어서 들을 때마다 다른 것을 볼 수 있게 해주는 낭송이 이상적이라고 생각했다. 사진이 말이나 글로 설명하지 않듯이, 시 낭송도 낭송가가 왜 그렇게 했는지 설명하지 않아도 감흥을 줄 수 있어야 했다.

***

노인은 격주마다 기고하는 일간지 문화 칼럼의 초고를 쓰는 날이면 조용한 카페를 찾아 나선다. 이미 길 위에서 글감을 찾은 날에는 아메리카노를, 여전히 미궁 속에서 제목조차 떠오르지 않는 날에는 롱블랙을 시킨다. 이 루틴에는 나름의 이유가 있다. 똑같은 재료를 가지고 제조 과정에서 순서를 달리하는 것만으로도 맛과 풍미가 달라지는 두 종류의 커피가 글쓰기와 같아 보였다. 뜨거운 물은 주제나 제목이 되고 에스프레소는 내용이 된다. 오늘은 제목을 정한 뒤 내용을 쏟아부을 예정이다. 어울리는 곁가지는 폭신하게 잘 구워진 수제 스콘으로 정했다.

지금 그대는 평온한가 아니면 위태로운가. 경제적으로 풍족하고 신체적으로 영양 상태가 좋은 현대인들이 점점 불안과 소외를 호소하고 있다. 무엇이 우리를 행복으로부터 멀어지게 하는 것일까. 세상은 선택을 명확하게 한 이에게 기회를 주고 있는지도 모른다. 억지 답안을 작성하려는 순간부터 삶은 위기에 놓이게 된다. 삶은 모호하고 선택들은 그 사이에 무수하게 존재한다. 죽도 밥도 아닌 상태를 기피하고 혐오하는데, 그 사이에는 리소토와 파에야 같은 삶도 있는 것이다. 큰길 사이에는 호젓한 오솔길도 있는 법이다.

완성된 글을 위한 얼개 문장을 몇 개 적어놓고는 글의 맨 위로 펜을 가져갔다. 노인은 제목을 '지금 우리가 위태로운 이유'라고 썼다가 '사이를 오가는 삶이 자유롭다'로 고쳐 적었다. 위기의 사회 문제는 분명한 선택 여부에 있다는 부분을 지적하려다가 선택지 사이의 삶도 가치 있다는 취지의 글로 옮겨 갔다. 노인은 시 낭송이 그 해결책이라는 말을 가급적 넣지 않을 작정이었다.

블라인드가 올라가 있는 창으로 쏟아진 햇살이 해일처럼 노인의 온몸을 덮치고 있었다. 노인은 고개를 들어 살짝 눈을 찡그리며 창밖을 보다가 이내 찻잔을 응시했다. 손을 내미니 손등에 태양의 체온이 전달된다. 노인은 다 식어버린 마지막 한 모금의 롱블랙을 입에 대며 단숨에 삼킨다. 이 빛 또한 파동이면서 입자가 아닌가. 인류가 아무리 둘 중 하나로 결정짓길 원했건만 빛은 두 가지의 어울리지 않는 특징을 다 쥐고 끝까지 버텼다. 무엇이면서 동시에 다른 무엇인 것이 자연의 섭리임을 노인은 알고 있었다. 인간도 자연의 일부가 아닌가. 우리가 어떤 선택지들 사이에서 결정을 주저하는 것은 너무도 당연한 자연의 모습이다. 우리는 이것도 가지면서 저것도 가지는 것이 가장 이상적인 선택임을 알고 있는데, 세상이 우리에게 하나만을 강요하고 있는 것이다. 그것을 감당해야 하는 우리는 줄곧 자책하며 불안해한다. 노인은 그 대안의 행위가 하나씩 떠올랐지만 칼럼에 직접적으로 적지는 않을 작정이다. 노인은 스콘 반 조각을 남겨둔 채 자리에서 일어났다.

***

바람이 잔뜩 채워진 풍선 같은 하루가 시작되었다. 아직 끝을 막지 않아 긴장은 살아있다. 손에서 놓치게 되면 브라운 운동이 시작될 것이다. 예측할 수 없는 순간마다 소년은 이름을 붙여주었다. 대체로 어울리지 않는 두 개의 용언과 체언을 결합한 형태였다. 지금 입고 있는 상의의 색깔에 어제 먹은 점심 메뉴를 합친다거나 하는 식이었다. 지금 이 순간은 '베리 페리 감자탕'. 우연적인 조합은 인디 밴드의 이름처럼 탄생했고, 역동적인 퍼포먼스를 보여줄 것 같아 흥미로웠다. 상의 색깔이 지겨워질 때쯤에선 그날의 탄생화를 검색해 학명을 쓰기도 했다. '시큼한 옥살리스'

라고 부르면, 이 순간이 예측 가능한 내 범주 안으로 편입되는 착각이 들었다. 모든 순간들은 이름을 지어 부르건 욕을 지어 부르건 흘러갔다.

시 낭송 대회가 얼마 남지 않았다. 막바지 연습과 집중을 위해 소년은 하루 종일 혼자 시간을 보내기로 했다. 시간을 규모 있게 사용하기 위해 계획을 세워본다. 계획은 세우는 순간 신기루가 되고 무지개가 된다. 계획은 애초부터 실천을 위한 설계도나 지침서가 아닌 해찰에 더 가까운 것이다. 어릴 적 밀린 숙제를 하기 위해 책상 앞에 앉으면, 공책을 펴고 연필을 들기 전까지 얼마나 많은 식전 공연이 있었던가. 코딱지 파서 책상 밑에 동그랗게 숨겨두기, 서랍 속 정리하다가 발견한 딱지를 모양별로 구분해 쌓기, 사인펜으로 팔뚝에다 로봇 그리기, 그러고는 팔 베고 누워 잠든 채 흘린 침으로 얼굴에 온통 잉크 범벅 되기 등등. 누가 뭐래도 그 행위들이 숙제보다 시급했고 중요했다. 숙제는 기억이 안 나도 산만했던 그 동작들은 남아있는 것만 봐도 그 가치를 짐작할 수 있다. 소년은 계획을 적다 말고 연습으로 들어갔다.

시는 충분히 이해한 상태라 묵독은 생략하고 바로 소리 내어 읽었다. 현재의 소리 상태를 일차적으로 점검하고 조정하는 과정이었다. 이때 감각 기관이 열리고 오감을 작동할 대비를 한다. 절대로 이 단계를 생략해서는 안 된다. 밤새 달린 자동차도 멈춘 후에 다시 달리려면 시동을 걸어야 하듯이, 연습이 시작될 때마다 기본 읽기 단계는 필수적이다. 낭송을 시작하는 순간 이전의 생각하기를 멈추고 신속하게 감각하기로 전환해야 한다. 생각하기로 빠지는 순간 이미지보다 시어 떠올리기에 매몰되어 경직된 낭송을 하게 된다. 생각은 감성보다 감정을 이끌어 내기에, 이는 낭송의 방향을 가로막는다.

소년은 마인드 컨트롤을 하듯 중얼거리며 본인이 정한 연습 루틴을 하나씩 해나갔다. 막막한 마음이 들수록 의미를 찾기 힘든 날일수록 머릿속이 지푸라기로 버석거리는 혼란의 시간일수록 직접 몸으로 밀고 나가는 행동만이 안갯속에서 의지를 구출하는 유일한 구명조끼였다.

***

노인은 문 밖을 나서자마자 우편함에 쌓여있는 우편물들을 챙겼다. 언젠가부터 우편함은 설레는 편지보다 부담스러운 고지서들과 광고 전단지로 채워졌다. 자동이체보다는 지로용지로 납부 방법을 선택해 둔 탓도 있었다. 마감일이 제각각인 공과금들을 직접 납부하는 번거로움을 부러 감수한다. 노인이 이 일을 기계에 맡기지 않는 건 자동이체의 실수를 우려해서가 아니라 지출을 몸소 체감하는 쪽이 나아서다. 수도, 전기, 도시가스, 통신료 등의 고지서 그래프를 보는 것도 흥미로웠다. 수도와 통신료는 변동 없는 수평선을, 전기는 여름에 유독 볼록한 봉우리를 만드는 사인(sine) 곡선을, 도시가스는 1~2월과 11~12월에 정점에 다다르는 코사인(cosine) 곡선을 만들어 내는 이 그래프는 매년 유사한 패턴이다. 삶의 흐름이 그러할까. 굽이쳐 흐르는 두 줄기의 다른 물줄기가 만나다가 헤어지거나 소멸되고, 그 바탕에는 변함없는 산맥이 든든히 버티고 서있다. 문밖의 삼라만상에서 계절이 엄연히 존재하고 있지만 노인의 고지서 용지에서도 계절은 어김없이 순환하고 있었다.

"이 시에는 일곱 개의 연이 있으니, 일곱 개의 컷(cut)이라고 상상해 보게. 자네는 연출을 하듯 카메라 워크를 고민해야 하네. 자네가 보여주려는 이미지에 대한 카메라의 이동, 위치, 앵글, 노출 정도 등을 다각도로 구상해야 할 거야. 지금 자네가 보고 있는 시의 세 번째 연에 나오는 꽃도 시인은 보통명사로 칭했지만 자네는 고유명사로 치환해 보여줘야 해. 그러기에 자네의 이야기가 들어가느냐 아니냐가 시의 현재성을 좌우하게 되는 거지."

노인은 소년의 낭송을 들으며 시를 물끄러미 바라보았다. 사랑을 주제로 한 시였고, 회한이 담긴 사랑의 힘겨움과 아픔을 노래한 시였다. 소년은 사랑의 대상을 사람이 아닌 자신의 꿈으로 정했다고 했다. 노인은 신선한 설정이라고 부추겼다. 빤한 낭송은 변하지 않는 낭송자의 고정관념에서 나오는 것이었다.

"첫 연과 마지막 연의 대구를 동일하게 표현하지 않으려고 했어요. 담담하게 자신의 마음을 내비치다가 마지막에는 조금 더 단계를 높여서 고백조로 여운을 남기고 싶었어요."

수미쌍관식의 구조를 가진 이 시는 시작과 끝이 단정적인 서술형 종결 어미로 끝나기에 음률을 담아내기에는 단조롭다는 한계가 있었다. 소년이 마음의 모양을 살짝 틀어 변화를 시도한 것이다. 노인은 어미보다는 반복되는 어구의 변이에 집중하면 전체적으로 더 아름다울 것이라고 조언했다. 소년은 부분적 표현에 신경 썼고, 노인은 전체의 조형과 균형미에 집중했다. 상대가 놓치는 영역을 술자리에서의 빈 잔처럼 서로가 놓치지 않고 채워주고 있었다.

**

대회에서 경연을 할 때, 시 한 편당 3분을 넘기지 않는 것이 통상적인 규정이었다. 어느 대회는 시간을 초과하면 종을 쳐서 경고를 주기도 했다. 그러니 시 낭송 대회는 3분 안에 모든 것을 보여주고 내려와야 하는 숙명의 무대인 것이다. 왜 3분이 기준이 되었는지는 모르나, 스무 명가량 되는 본선 진출자의 경연 시간을 감안해 볼 때 두 시간을 넘기지 않고자 하는 운영의 편의성도 반영되었으리라.

시간을 의식하지 않고 해도 무방하지만, 집중이 흐트러질 수 있기에 시간을 넘기지 않는 쪽으로 준비하는 편이 낫다. 짧은 시를 준비하면 암송의 부담이 적지만, 대부분의 참가자는 규정 시간에 최대한 수렴하는 시를 선택한다. 모든 시가 기승전결을 가진 것은 아니나, 3분의 물리적인 시간이 확보되어야 이야기를 담아내거나 표현을 전달할 수 있어서다. 그러다 보니 참가자들이 자신에게 감동을 준 시를 자유롭게 고르기보다는 이전 대회에서 수상했던 시들 중에서 선택하는 편리함을 택하기도 한다.

소년이 고른 시는 2분이 채 되지 않는 시다. 걱정이 전혀 없는 건 아니었다. 큰 캔버스에 그려 내는 대회에서 나 홀로 작은 캔버스에 그림을 그린다면 불리하지 않을까 하는 고민을 노인에게 털어놓았다.

"우리가 대체로 새라고 하는 전체 범주를 '을(乙)'이라고 할 때, 그것을 다시 구분해서 흔히 '조(鳥)'는 꽁지가 긴 새를 일컫고, 작은 새는 '추(隹)'라고 부르지. 그러나 어떤 학자는 새소리의 좋고 나쁨에 따라 나누기도 한다네. 물론 경계가 모호한 건 당연하네. 외형을 나누든 무형을 나누든 마찬가지로 주관적이긴 하지만, 중요한 건 겉으로 판단하는 기준만큼 보이지 않는 것들의 판단도 중요하다는 걸세. 꽁지가 짧은 새가 목 부분이 잘록해 울음소리가 명확하고 아름답다면, 그 새를 어찌 '추'라 단정 지을 수 있겠는가."

소년은 그간의 역대 대회 수상자들 중 짧은 시를 낭송한 이가 없었다는 것을 곰곰이 돌아보았다. 함축된 시어들이 긴 시보다 많기에 표현 가능한 상상의 스펙트럼이 더 넓을 수 있겠다는 생각을 했다. 그리고 시어 사이의 여백을 활용해 극적 긴장감을 극대화해 보기로 했다.

11장

✕

시시해지지 않기 위하여

경기도에 위치한 성 마르첼리노 수도회에서 '시와 영성'이라는 주제로 피정을 겸한 특강이 진행됐다. 이 프로그램은 독일에서 온 노수사의 가벼운 제안으로 시작되었다. 수도회가 자생하기 위한 여러 사업 중 독일 정통 소시지 제조기법을 전수하는 과정이 있었다. 그때 우연히 언급된 시편을 보다 대중적으로 신앙생활에 접목하면 어떠냐고 말을 꺼낸 것이 1일 피정 프로그램까지 온 것이다. 처음에는 수녀 시인의 시를 주로 선정해 적용하다가 차차 종교와 주제의 경계를 두지 않기로 했다. 이 프로그램의 본질은 시 자체에 있는 것이 아니라 시를 통한 내면의 영적 성장과 타인과의 성숙한 관계 개선에 있기 때문이었다.

행사는 자유로운 자리 배치만큼 격의 없이 주고받는 방식으로 진행되었다. 둥그런 모둠 형식의 자리마다 중앙에는 간식으로 부어스트라 부르는 독일 소시지가 얇게 썰어진 채 접시에 도미노처럼 쓰러져 있다. 겔브 부어스트, 바이스 부어스트, 마늘 부어스트 등이 있었는데, 수사들이 이것들을 독일 순대라고 불러서 고요한 회당에서 웃음소리가 성가처럼 한바탕 흘러나오기도 했다.

노인은 이 프로그램의 감수를 맡아 자리하고 있었다. 2년 전부터 주일 미사를 빠지면서 신앙적으로는 냉담자가 되었지만, 수도회 일이라면 언제든 달려와 돕곤 했다. 프로그램의 구체적인 지도 요령이나 방법, 적절한 시를 고르는 일까지 내 일처럼 마음과 시간을 쓴 노인이었다. 시로 자신의 아름다움과 재능을 뽐내는 것도 좋지만 시 낭송의 다른 활용과 기능의 확장 면에서 이번 기획은 획기적이라 판단했고 호응도 컸다. 처음에는 한 달에 한 번이었는데, 문의가 넘쳐 매주 한 번씩 10회분의 예약이 마감된 상태였다. 시를 빔프로젝터로 보여주고 간단한 묵상 주제를 지도 수사가 던져주면 참석자들은 조용히 눈을 감고 들려오는 시 낭독을 천천히 음미하며 내면 치유와 외적 화해를 시도한다. 지금 나오는 시 낭독은 이번 프로그램을 위해 노인이 녹음한 것이었다. 한 행을 천천히 읽고 충분한 쉼을 둔 후 다음 행을 읽어가기를 두 번 반복했다. 흐느끼는 소리, 코를 조용히 훌쩍이는 소리가 구석구석에서 들리더니, 누군가 은밀하게 방 안에 최루탄을 뿌리기라도 한 것처럼 이내 곳곳으로 번지기 시작했다. 그것은 우울한 분위기였다기보다는 오히려 환희에 차서 흘리는 눈물 같았다. 15분 정도가 지나고, 각자의 이야기를 시에 곁들여 나누는 시간이 되었다. 이때엔 이곳저곳서 웃음소리가 들려왔는데, 경박한 수다와는 사뭇 달랐다. 그야말로 속 깊은 치유 끝의 촉촉한 웃음이었다. 시 낭송으로 할 수 있는 가장 숭고하고 가치 있는 일을 하고 있음에 노인은 자신도 모르게 감사의 화살기도를 바치고 있었다.

***

소년은 왕복 2차선 도로를 왼쪽에 둔 보도블록 위를 걷고 있었다. 이따금씩 지나가는 자동차를 제외하고는 어떠한 소음도 없는 한적한 길이었다. 보도블록은 나란히 놓인 두 개의 직사각형 모양이 동서남북 방향을 틀며 마주하는 패턴이었다. 여덟 개의 블록이 하나의 통일된 모둠을 형성했다. 멀찌감치 떨어져 보면 물 위의 파문이 일정하게 일고 있는 듯 보였다. 하나의 블록 크기는 성인의 발 크기와 딱 맞았다. 소년은 갑자기 선을 밟고 싶지 않아졌다. 걷는 속도가 있어서 지금 발이 놓인 곳보다 디딜 곳으로 미리 시선이 가있어야 실수를 막을 수 있었다. 일상의 관성은 어쩔수 없이 미래에 시선을 두게 한다. 리듬을 놓치는 순간 비로소 알게 된다. 불필요한 패턴에 부자연스러운 리듬을 맞추려 애쓰고 있는 자신을 말이다. 잘 가고 있든 아니든, 나의 리듬이 아니고 나의 패턴이 아니면 아무 소용이 없다. 소년의 걸음은 우스꽝스러웠다. 선을 지키려는 선의는 몸을 부자연스럽게 만들었다. 하나의 질서를 만드니 수많은 무질서를 쏟아냈다. 채 10미터도 가지 못하고 발을 선 위에 얹는다. 외부의 질서로부터 자유로워지는 순간 몸의 리듬은 정상으로 돌아왔다.

무대 위에 서면 청중은 보도블록이 된다. 미묘하고 섬세한 패턴을 가진 보도블록 위에서 낭송자는 순간 얼어붙고 만다. 외형의 질서를 찾으려 하지만 무모한 시도였음을 알아차린다. 코끼리코를 하고 허리를 숙여 열 바퀴를 돌고 몸을 세운 이가 되고 만다. 눈을 뜨고 있지만 직선으로 목적지를 향해 가지 못하고 휘청거린다. 그때 신속하게 자신의 리듬을 거머쥐어야 균형을 잃지 않을 수 있다.

소년은 광활한 평원이나 초원을 상상하곤 했다. 세상에서 가장 느리게 시간이 흐를 것 같은 공간으로 자신을 밀어 넣고는 멀리서 지켜보는 것이 유효했던 적이 많았다. 완전히 긴장을 거세시키는 청심환보다 감당할 만큼 미세하게 남아있는 이 상태가 무대에서는 적절했다. 긴장은 외부보다 내면의 문제이기에, 처리보다는 관리를 해야 했다. 단단하게 하거나 유연하게 만들어야 관리가 용이하다. 완벽한 준비와 강력한 집중력을 갖춘 게 아니라면 자신의 루틴을 기반으로 한 몸의 흐름을 포착해 꽉 잡고 놓치지 않아야 한다. 소년은 길을 걷다가도 밥을 먹다가도 불쑥불쑥 닥치는 긴장을 다스리는 마인드 컨트롤을 시도했다.

눈을 감으면 이미지가 보이고 눈을 뜨면 활자가 보일 줄 알았다. 노인은 허상을 주의하라고 했다.

"암송에 집중하려고 눈을 감지 말게. 이때 자칫 활자에 매몰될 수 있다네. 말을 할 때 필요한 건 이미지와 의도이지 활자 자체는 의미 없다는 걸 명심하게. 활자를 반복해 기억하는 것은 마치 목적지를 머릿속에 담아두고는 땅에 눈을 둔 채 발걸음의 수만 세면서 걷는 것만큼 어리석은 짓이라네. 눈을 뜨고 이미지로 달려가 보게. 적어도 달라진 보폭으로 인해 걸음 수가 달라지더라도 당황하지 않을 테니 말일세."

노인의 발상은 항상 소년의 익숙한 상식에서 벗어나기를 즐겼으나, 이 경우는 관객의 일반적 기대를 보기 좋게 배신한 반전 드라마의 결말 같았다. 노인의 말을 부정할 수 없는 건 시어 중 부사나 조사의 온전한 재현에서 분명한 차이가 드러난다는 사실 때문이었다. 예를 들면 이렇다. '매양'이라는 시어를 단순 암기할 때에는 매번 이 단어에서 주춤거렸다. 소년은 '늘'이나 '항상'이라고 주로 써왔기에 입말로 익숙하지 않았던 것이다. 그러나 노인이 말한 대로 글자 그대로가 아닌 앞뒤에 있는 주체와 행위를 구체적으로 떠올리자 자연스레 엮였다. 어제 점심때 먹은 음식은

통 기억나지 않아도 반년이나 지난 생일 때의 메뉴는 또렷하게 기억나는 것처럼. 노인은 눈을 뜨고 이미지에 집중한다는 것은 시선을 활용해 극적 효과를 극대화하겠다는 적극적인 제스처라고 했다.

"'한 줌의 촛농처럼 물컹이는 그해 무덥던….' 이 시의 도입인데 표현이 잘 안 됩니다."

소년은 며칠째 저주에 걸린 개구리 왕자처럼 하나의 목소리에 갇힌 듯 답답했다. 할 때마다 미궁이었다. 문을 열고 들어가야 본론의 이야기에 집중할 텐데 자꾸 힘과 기교만 들어갔다.

"무언가를 돋보이게 하고 싶거든 단순함을 추구하게. 객관적인 묘사보다는 주관적인 기분으로 드러내게. 지금은 생각하기보다 감각하기에 치중하는 것이 좋을 듯싶네."

김부식은 삼국사기에서 온조왕이 지은 새 궁궐을 보고 그 미적 감상을 이렇게 표현한 바 있다. '검소하지만 누추해 보이지 않고, 화려하지만 사치스러워 보이지 않는구나.' 낭송도 이와 닮아야 한다고 생각해 노인이 늘 가슴에 담고 다니는 문구였다.

* * *

전날 있었던 초청 특강에서 노인은 마이크도 내려놓은 채 큰 소리로 말했다.

"당신이 하려는 것이 예술이기를 원한다면 적극적으로 추상에 익숙해져야 합니다."

시 낭송에 대한 노인의 설명이 너무 추상적이라는 어느 질문자의 볼멘소리에 대한 대답이었다. 원래 추상은 구체적 개념들에서 일반적이고 공통된 성질을 뽑아낸 것이다. 그러니 추상은 각각의 것들의 관계를 읽어내는 고도의 사고가 요구된다. 그러나 언젠가부터 추상적이란 말이 구체적이거나 실제적인 사례 없이 막연하다는 힐난처럼 쓰이게 되었다. 철학적이고 긍정적인 말이 어느새 부정적이고 달갑지 않은 표현이 되어버린 것이다.

"아까 선생님께서 제 낭송에 여백이 느껴지지 않는다고 하셨는데, 그렇다면 어디서 어떻게 끊고 어떤 식으로 낭송해야 하나요?"

낭송 대회에서 여러 차례 수상한 자신의 경력을 자랑하듯 나열한 뒤에 내놓은 이야기가 고작 요령에 관한 궁금증이었다. 한마디로 방법을 손에 쥐여달라는 것이었다. 그의 방법이란 게 정답을 말하는 것일 텐데, 노인은 우문에 현답은 아니더라도 우답을 하고 싶지는 않았다. 시도 추상이고, 삶도 추상이고, 사랑도 추상이지 않은가. '방법이 있는 사랑은 사랑이 아니다'라는 어느 시인의 말을 인용하며 당신이 그토록 갈망하는 방법은 시 낭송에 없다고 말한 것이 강연장 내를 더욱더 술렁거리게 한 도화선이 되었다.

"시 낭송은 기능이 아닙니다. 몇 가지 테크닉으로 완성되지도 않습니다. 그렇기에 흉내 내기는 의미가 없는 거죠. 시 낭송은 바로 지금! 이곳에서 유일하게 일어나는 사건입니다. 아까 말한 여백은 단순히 물리적인 시간을 말하는 게 아닙니다. 자신이 시를 통해 내적으로 무엇을 획득하고자 하는지, 어떤 은밀한 자신만의 이야기를 전하고자 하는지가 없다면 그 자리엔 불필요한 기교만이 가득 채워지게 됩니다. 그러고선 부분적인 수정으로 근본적인 문제를 해결하려고 하는 거죠. 이는 마치 기초 공사를 부실하게 한 건물의 균열에 약간의 시멘트로 땜질을 하는 것과 같습니다. 건물은 높고 화려하게 짓는 것보다 기능과 용도에 맞게 안전하고 편리해야 합니다. 낭송에서 안전은 스토리이고, 편리는 감성입니다. 이 모든 구성 요소들이 추상으로만 다가갈 수 있는데, 어찌 공구같이 손에 쥐려고만 하시는지요? 막막할 때마다 '어떻게'를 던지고 '왜'를 넣어 다시 스스로에게 물어보세요. '어떻게 낭송을 해야 하나?'에서 '왜 나는 낭송을 하는 걸까?'로 말이죠. 진솔하게 깊이 물을수록 나만의 무수한 방법들이 쏟아져 들어올 것입니다."

노인은 속 시원하게 뱉어내면서도 한편으로는 답답한 느낌을 잠재울 수 없었다. 실제로 들어가면 오늘과 같은 동일한 질문들이 노인을 괴롭힐 것을 미리 경험하고 있기 때문이다. 여기에는 결정적으로 진실을 두려워하는 인간의 나약함이 자리하고 있음을 노인은 잘 알고 있었다.

***

"선생님! 시 낭송에서 가장 중요한 것은 무엇이라고 생각하세요?"

"공식처럼 규정한 적은 없지만, 군이 말하자면 공감 능력, 감성, 스토리텔링 등이 아닐까?"

"의외네요. 목소리 톤, 감정, 낭송 스타일은 어느 하나 언급하지 않으시는군요."

"그것도 중요하지. 그러나 그것들은 현상이지 본질은 아니지. 낭송하는 이들이 많이 오해하는 부분이네."

"오해라뇨?"

"어떤 나무에 꽃이 달려있다면 그건 줄기에 매달아 놓은 것이 아니라 줄기에서 피어난 것이지 않은가."

"무슨 말씀이신지….."

"자네가 하고 싶은 이야기가 분명하다면 스타일을 군이 만들지 않아도 매력으로 드러날 것이고, 처지와 입장을 거짓되지 않게 보여준다면 기분과 느낌이 듣는 이에게 전달될 것이며, 청자를 정하고 그 관계를 고민하면 목소리는 자연스레 톤을 찾아갈 것이네. 꽃을 감상하는 인간의 입장에서는 향기와 모양에 집중하지만 꽃을 생산하는 나무의 입장에서는 뿌리로부터의 영양분에 골똘하는 거지."

노인은 왼손의 검지와 중지를 모아 찌그러진 미간의 주름을 문질렀다. 못다 한 이야기의 밸브를 밀어 올리니 시 낭송에 대한 이야기는 기존의 범주를 훌쩍 뛰어넘기 시작했다. 시 낭송을 그 자체만의 독립적인 해프닝으로 보는 것에 줄곧 못마땅했던 차라 표현은 배달 청년의 오토바이처럼 거칠고 공격적으로 달리기 시작했다.

"시 낭송은 거래와도 같다네. 자네의 가슴을 온전하게 열어젖혀 진심을 보여주지 않는다면 청자는 금세 고개를 돌려버리고 말 것이네. 그것은 마치 대화를 나누면서 상대의 말을 귀담아듣지 않는 것과도 같지. 잘못된 말하기 공부는 말하기만을 교정하는 방식일세. 마찬가지로, 잘못된 시 낭송 공부는 자신의 낭송만 고장 난 라디오처럼 반복하는 훈련이지. 사이드 미러가 달려있지 않은 자동차를 몰듯이 위험천만의 훈련인 셈이지. 앞으로 나아간다고 해서 옆과 뒤의 사정을 몰라선 안 된다네. 이때 필요한 것이 잘 듣는 연습이라네. 말로 잘 표현해 내려면 더 많이 듣는 자세와 습관이 절실한 법이지. 자신의 목소리를 듣는 것은 물론이고, 타인의 낭송을 귀담아듣는 것도 즐겨야 하네. 상대의 기술을 훔치기 위해 관심 있게 보는 것이 아니라 그의 이야기에 귀 기울이는 것을 말하네. 가끔 시 낭송 대회에서 텅 빈 객석을 보며 씁쓸한 마음을 느낀 적이 한두 번이 아니었어. 그야말로 기능인 선발 대회 같더군. 모두가 외면하고 귀 기울이지 않으니 낭송자도 진심을 담은 이야기를 진솔하게 할 이유를 잊고 시 자체의 미학에만 집중하게 되지. 이런 행사를 왜 하는지 한심해서 돌아오기도 했다네."

노인은 조금은 진정된 듯 호흡을 고른 후 그사이 액체로 형태를 바꾼 얼음 잔을 입으로 가져갔다.

***

어느 여행자가 뉴욕 거리에서 공연을 하고 있는 예술가에게 길을 물었다.

"카네기 홀에 가려면 어떻게 가나요?"

"연습하고, 연습하고, 또 연습하십시오!"

소년은 카네기 홀에 대한 우스개 에피소드를 떠올릴 때마다 마치 무대에 올라가기 직전의 심장이 되곤 했다. 소년이 꿈을 꾸기 시작한 지는 얼마 되지 않았다. 클래식 잡지를 읽다가, 1950년대에 사라질 위기에 처한 카네기 홀을 살리기 위해 혼신을 바친 아이작 스턴이라는 바이올리니스트의 일화를 접한 후부터였다. 그는 카네기 홀을 이렇게 표현했다.

"카네기 홀은 그 자체가 악기입니다. 당신이 무대에서 무엇을 하건 그것을 전설로 만들어 줍니다."

소년이 꿈꾸는 무대는 세 개의 카네기 홀 중 메인 홀인 아이작

스턴 오디토리움이다. 다섯 개 층, 2,800석의 규모에다 테라코타와 적갈색 사암을 사용해 만든 고전적 아름다움을 자랑하며 최고의 음향설비를 갖춘 완벽한 공연장이다. 음악 공연장이기에 아직까지 어느 누구도 이곳에서 시 낭송을 한 사람은 없었다. 그래서 꿈꿀 가치가 있었다. 우리나라의 말, 한국어로 낭송하는 것! 우리말의 아름다움을 시에 담아 뉴욕 중심부의 가장 큰 무대에서 세상에 외치고 싶었다. 가슴 뛰는 무대를 상상하는 것을 막을 수는 없었다.

공연은 2부로 구성하고 싶었다. 1부는 한국의 분위기가 물씬 느껴지도록 무대를 꾸밀 것이다. 궁중음악과 종묘제례악을 국악과 양악이 어우러진 형태로 편곡해서 연주하고, 사이사이마다 한국인이 사랑하는 시들을 낭송한다. 제목과 시인의 이름은 생략하고, 시어들을 전통 서체로 구현된 미디어 파사드로 보여준다. 한글의 형태미와 개성을 보여주는 한편, 영어로 해석된 시를 한쪽에 두어 이해를 돕는다. 반복되는 시어는 놀이 같은 장치로 구성하여 노출해서 공연이 끝나고도 외국인들의 기억에 잘 남을 수 있게 한다. 언어의 한계를 어떻게 극복할 것인가는 크게 고민하지 않는다. 시는 활자지만 낭송은 호흡이다. 그리고 살아있는 이미지다. 낯선 나라의 음악을 들어도 답답하지 않듯이 낭송도 그러할 것이다. 2부는 극화된 무대로 선보일 생각이었다. 이야기 구조를 쉽게 이해할 수 있도록 사랑에 관한 이야기를 아홉 편의 시로 엮어나갈 것이다. 사랑의 과정을 흥미롭고 아름답게 표현하기 위해 국내 유명 시인 아홉 명에게 의뢰한 최신작 시로 담는다. 무대에는 사랑 이야기를 몸으로 표현하는 무용수들의 모습을 홀로그램으로 구현한다.

소년의 상상 속에서는 때마다 다른 무대가 만들어졌다. 무척 많은 비용과 노력이 들겠지만 불가능하다고 생각한 적은 없었다. 소년은 아직 누구에게도 이 계획을 말하지 않았다.

***

소년은 지난 금요일에 친구와 나눴던 대화가 치아 사이에 낀 음식 찌꺼기처럼 신경 쓰였다. 깊숙한 위치라 손가락이 닿지 않아 혀로 연신 밀어내 보지만 쉬 다스려지지 않는 느낌이었다.

"네가 낭송을 해서 시가 궁금하던 차에 동네 책방에 시집을 사러 갔어. 무슨 시인들이 그렇게 많으냐? 도저히 고를 자신이 없더라고. 그때 마침 올해 문학상 수상집이 눈에 들어오더라. 근데 책을 펼쳐보고는 깜짝 놀랐어."

친구는 놀랄 때마다 하는 입모양을 만들며 가방에서 책을 꺼내 소년에게 펼쳐 보였다. 소년은 책도 보기 전에 친구의 입모양으로 이미 기대치가 높아진 상태였다.

"자! 이것 봐! 이게 시냐 산문이냐? 넌 구분할 수 있어? 그리고

이 수학 기호랑 약도 같은 그림들은 뭐냐? 좋아! 문학이라고 치자고! 근데 이런 시들도 낭송할 수 있냐?"

컴퓨터 공학을 전공한 엘리트 녀석의 말이다. 문학 관련 멘트 치고는 너무 허술해서 소년은 주위를 힐끔 둘러보았다. 빗겨 맞은 부끄러움 다음에 밀려오는 건 정타로 맞은 당혹감이었다. 소년도 궁금했다. 이런 시들도 낭송이 가능할까, 하는 물음이 숙취가 다 가셨는데도 문 앞에 세워둔 빈 술병처럼 남았다. 결국 노인에게 이를 털어놓을 수밖에 없었다.

"멕시코 올림픽이 열렸던 1968년 가을이 떠오르는군. 그중 높이뛰기 결승전은 아직도 생생하게 남아있지. 내가 줄곧 보아온 높이뛰기 자세는 대부분 다리를 먼저 들어 올려 바를 넘는 가위뛰기였는데, 이날 딕 포스베리라는 미국 선수는 대각선으로 바를 향해 달려오더니 드러눕는 자세로 배면뛰기를 하지 뭔가. 그 모습이 생경하면서도 어찌나 우아하던지 입이 떡 벌어졌네. 그때까지의 기록은 2미터가 마의 벽이었는데 단숨에 넘었다더군. 자세만 바꿨다고 보지 않네. 고정관념을 바꾼 거지. 다음 대회부터는 '포스베리 플롭'이라고 이름 붙인 이 기술을 많은 선수들이 따라 했고, 2미터를 줄줄이 경신하게 되었다네. 자네가 말한 것도 이와 같지 않을까? 시인이 쓴 시가 어렵거나 난해하게 보여도 결코 낭송이 불가능한 것은 아니네. 기존의 익숙하고 낡은 감성과 기법으로 접근하려는 고집과 고민 없음이 이를 가능하지 않다고 예단하게 만든 것뿐일세."

노인은 자리에서 일어나 자신만이 연주하려 작곡했다는 라흐마니노프의 피아노 협주곡 3번을 틀며 혼잣말처럼 중얼거렸다.

"지금 아무도 하지 않는다고 해서 그것을 앞으로 아무도 할 수 없다는 건 가당찮아."

***

돌아보는 것이 늘 나쁜 일만은 아니다. 태도에 따라 누군가는 후회라고 부르고, 누군가는 복기라고 부른다. 둘 다 지나온 시간들의 궤적을 따라간다. 시간을 거스르는 일은 고통스러운 환희가 된다. 어김없이 내가 그곳에 버젓이 있기 때문이다.

후회라는 것이 겉으로는 스스로를 괴롭히지만 사실 자신을 쓸쓸하게 어루만지고 있는 것이다. 왜 그랬냐고 한 손으로 다그치며 한 손으로 자신의 눈물을 닦아주고 있다. 후회가 부정적으로 받아들여지는 것은 뉘우치는 측면이 아니라 '나중에'라는 타이밍에 있다. '후불'이 그러하듯이, 나중으로 미뤄지는 순간 느슨해지고 책임을 떠넘기려는 궁리의 유혹에 빠진다. 후회의 반대말을 굳이 만들어 본다면 '선회(先悔)'일 텐데 존재할 수 없다. 미리 뉘우치는 것이 불가능해서이다. 뉘우치려면 깨달음의 단계를 거쳐야 하기 때문이다. 항상 후회는 '아차!' 하는 깨달음을 수반한다.

현실 자각이 없는 돌아봄은 없다.

또 다른 돌아보기로 복기가 있다. 바둑에서 흔히 쓰는 말이지만, 노인은 시 낭송을 이야기할 때 자주 언급했다. 자신이 둔 바둑의 결과를 검토하기 위해 처음부터 다시 순서대로 두는 것이 복기다. 후회와 다른 점이 있다면, 후회는 강렬한 지점을 중심으로 떠올리지만 복기는 승부점과는 무관하게 차례대로 떠올려야 한다. 그렇지 않다면 복기는 무의미하기 때문이다. 후회는 자신의 행동에 입각해서 감정에 매몰되지만 복기는 상대방의 심리도 함께 따라가며 감정을 배제해야 가능하다. 진 경기라면 복기의 한 수 한 수가 쓰라릴 것이다. 그 과정에 후회가 일기도 하겠지만 복기의 과정을 완수하려면 후회의 늪으로부터 빨리 벗어나야 한다. 노인은 소년에게 복기를 가능하게 하기 위해 몇 가지를 당부했다. 누구나 복기가 가능한 건 아니기 때문이다. 복기는 장악한 자에게만 권한이 주어진다. 이기느냐 지느냐는 중요하지 않다. 온전히 나를 그곳에 던져 관통한 자만이 복기의 자격이 있는 것이다. 어설프게 지나온 자는 결과가 좋든 나쁘든 후회의 모자를 덮어쓰고 숨어버린다. 노인은 소년이 결과에 상관없이 후회가 아닌 복기에 치중하기를 바랐다. 그러기 위해서는 몇 가지 전제 조건이 있었다. 노인은 헝클어진 머리칼처럼 뒤엉켜 있는 생각들을 노트에 옮겨 적었다. 뒤에서 바라본 노인의 모습은 신병 훈련소로 첫 면회를 가려고 갖은 음식을 준비하는 어머니의 모습과 닮아 보였다.

***

> 부당하고 앙상한 내 방 책상 앞에서 (…) 나는 쓴다. 글은
> 내 영혼의 구원이다. (…) 항상 그래왔듯 혼자이며, 앞으로
> 도 항상 혼자일 것이다. (…) 내가 쓰는 글, 나는 그것이 형
> 편없음을 깨닫는다. 그럼에도 상처 입은 서러운 영혼 한
> 둘에게만큼은, 내 글이 순간이나마 더욱 형편없는 다른 일
> 을 잊게 할 수도 있다. (…) 나는 그저 나이고 싶다.
>
> ─페르난두 페소아, 《불안의 서》

페르난두 페소아에게 글쓰기가 그러했듯이 소년에게 시 낭송
은 영혼을 구해내는 도구였다. 불안의 밤들, 수수께끼 같은 순간
들, 옳고 그름이 모호해지는 관계들이 소년을 흔들어 놓을 때마
다 시 낭송은 그나마 틀린 답을 준 적이 없었다. 한참 동안 두 손
에 안고 있던 책을 바닥에 시옷 자로 내려놓았다. 이내 두꺼운
새 책은 아가리를 다물고 침묵하려는 듯 책 등을 세워 사람인 자
로 들썩였다. 창가에 앉은 소년의 왼뺨에 오후 햇살이 입을 맞추
고 있었다. 좋은 책은 읽을 때보다 읽고 나서의 느낌이 더 좋았
다. 마치 몸에 좋은 음식을 먹은 것처럼 마음의 위장이 편안하고

든든하다. 살과 피로 갈 수 없다 해도 섭섭할 리 없다. 보이는 음식은 나를 찌우지만, 보이지 않는 양식은 나를 숱한 번뇌로부터 슬림하게 했다. 니은 자로 기지개를 켜며 고개를 젖히니 오리 울음 같은 소리를 내며 날아가는 세 마리의 새가 소년의 눈에 들어왔다.

***

소리 내어본다. 입 밖으로 모국어를 뱉어낸다. 자신의 생각으로만 짜인 말을 하는 것이 아니라 누군가가 지어낸 글을 말로 바꾸어 말한다. 그 글은 함축적이고 비유적이고 추상적이다. 말은 글과 다르다. 말하듯이 글을 쓰라고 하고 글을 쓰듯 말하라고 하지만 그것은 잘못되고 무책임한 요구다. 말하듯이 글을 쓸 거라면 말을 하지 굳이 글로 써 번거롭게 읽도록 할 필요가 있을까. 그런 글이 과연 두 번 읽을 가치의 책으로 탄생할 수 있을까. 또한 글을 쓰듯 말을 해야 한다면 우리는 한마디도 제대로 나눌 수 없을 것이다. 글의 형성 과정이 다르고 말의 표현 방식이 엄연히 다르다. 말은 말답게 말하고 글을 글답게 쓰는 것이 옳다. 그런데 말을 글로 전달해야 할 때, 혹은 그 반대일 때 난감한 문제가 생긴다. 마치 타인의 장기를 자신의 신체에 이식시키는 것과 같은 응급 상황이 된다. 글을 말로 바꾼다면 말의 성근 간격을 호흡과 표정으로 메워야 할 것이고, 말을 글로 바꾼다면 글의 논리가 틀어지지 않도록 문장에 치중해야 할 것이다. 그러한 번역과도 같은 과정이 시를 낭송으로 할 때도 일어난다. 낭송가는 눈이 할 일을 입이 대신해야 하는 존재다. 시가 살아있는 언어라면 읽기에 그치지 않고 말하기에 가까운 발화를 시도해야 할 것이다. 낭송가는 글을 말로 바꿀 때의 수고뿐 아니라 그 너머의 이야기를 들려주어야 하는 숙명을 가진다. 번역에 비유한다면 성실한 직역을 거쳐 창조적인 의역을 감내할 수 있어야 좋은 낭송가라고 말할 수 있을 것이다.

노인은 며칠 전에 언론사의 담당자와 이번 회차를 마지막으로 연재를 마무리하자는 통화를 했었다. 더 보탤 이야기가 없어서가 아니라, 기력이 예전만 못하기도 하거니와 글 쓸 때의 예민함을 부리고 싶지 않아서였다. 담당자의 끈질긴 설득에도 노인은 생각을 돌리지 않았다. 담당자는 조금 더 고민해 달라는 부탁을 떠안기며 전화를 끊었지만, 사실 거절을 확정 짓고 싶지 않은 바람만 덩그러니 남아있을 뿐 마지막 통화임에는 분명했다. 당분간은 나무 사이를 걸어가고 하늘을 바라보고 꽃들과 대화를 나누는 일에 노인의 초가을 바람 같은 시간들을 할애할 예정이었다. 가끔씩 새들이 날아와 준다면 울음소리를 배경으로 시를 새들에게 들려줄 것이다. 새들이 인간에게 준 무수한 시어들을 되돌려 주고 싶어서다. 우리는 그동안 이 거대한 자연으로부터의 염치없는 수혜

자였던가. 먹거리는 물론이고 언어마저도 그렇다. 이렇듯 노인의
낭송은 늘 자연을 닮으려 했다.

* * *

노인은 중년 시절에 시를 명상에 접목하는 것에 온통 빠져 있
었다. 소년이 보고 있는 영상은 노인의 강연을 녹화한 자료였다.
영상 속에서 노인이 말했다.

"낭송을 명상과 연결해 보는 시도를 하고 있습니다. 어울릴
듯하면서도 무리가 있어 보이는 것은, 명상의 고요함을 낭송이
훼손하리라는 우려 때문일지도 모르겠습니다. 영어로 낭송은
'recitation'이고 명상은 'meditation'인데, 단어의 생김새도 무척
닮았습니다. 어원을 비교해 보면, 낭송은 '다시 불러내다'로부터,
명상은 '생각하다, 상상하다, 응시하다'로부터 왔습니다. 소리의
유무가 차이점이라면, 무엇으로부터 끌어낸다는 점에서는 유사
점을 보이죠. 이 접점에서 낭송과 명상이 만나서 무언가를 만들
어 낼 수 있다고 봅니다. 그것이 오늘 여러분들과 제가 고민할 부
분이죠."

요즘에는 다양한 예술과 명상을 연결하는 일이 흔하지만, 그 당
시에는 파격 그 자체였다. 소년은 계속 강연 영상에 빠져들었다.

"안나 할프린이라는 현대 무용가가 있습니다. 그녀는 50대에

대장암에 걸리게 되는데요. 그 고통과 번뇌를 춤으로 표현합니다. 그 장면을 본 지 몇 년이 지난 요즘에도 생생하게 기억에 남아 있습니다. 등을 돌린 채 몸을 흐느적흐느적거리다가 소리를 지르기도 하고 울음을 터뜨리기도 하는 이 춤은, 춤에 대한 편견을 단번에 날려버린 충격이었죠. 그녀는 그 춤을 통해 암을 이겨냈고, 춤에 대한 새로운 생각들을 가지게 됩니다. 치유 예술로서의 춤을 발견한 것이죠. 치료가 외부로부터의 자극을 통한 수동적 변화라면, 치유는 내면에서의 여행과 같이 자각을 통한 능동적 변화라고 판단한 것 같습니다. 어쩌면 여러분이 가까이서 접하는 시 낭송 또한 한 무용가가 보여준 춤의 놀라운 효과만큼에 버금가리라 감히 확신해 봅니다."

이때 영상은 노인의 얼굴을 클로즈업하고 있었기에 노인의 눈이 진심과 강한 믿음에 근접해 있음을 알아차릴 수 있었다. 무대를 목적으로 하지 않아도 시 낭송은 충분히 명상으로서의 가치가 있음을 노인은 이미 오래전부터 예견하고 있었던 것이다.

***

"낭송을 한다고 해서 훌륭한 사람이 되는 건 아니지만, 적어도 시시한 인간이 되지는 않을 걸세."

노인이 소년에게 말했다. 시시하다는 말 안에 시가 두 개나 들어갔는데 분위기의 탄력이 떨어지고 매력이 없는 상태가 된다는 것이 재밌다. 시시한 인간이 되고 싶지 않은 건 누구나의 바람이 지만 쉽지 않다. 조금만 긴장하지 않으면 금세 시들해지거나 시 큰둥해지기 때문이다. 그렇다면 시 낭송을 할 때에 시를 대하는 태도는 어떠해야 할까 소년은 궁금해졌다.

"우선 시(時) 낭송이 되어야 하네. 시 낭송에서의 시간은 현재 성을 띠어야 해. 선어말어미가 과거형일지라도, 낭송을 하는 순 간 지금 일어나는 듯한 느낌을 전해야 하네. 그래야 유일해지고 살아있게 되지. 모든 감동과 진심은 현재성일 때에만 발현된다 네. 다음으로는 시(始) 낭송이어야 하네. 새해 아침의 둥근 해처 럼 처음 보는 듯한 설렘과 기대가 담겨야 하네. 숙련된 낭송자일 수록 매번의 낭송이 처음인 듯 신선하지. 그야말로 낭송가의 마 음가짐이 절대적으로 작용하는 거네. 그리고 시(示) 낭송을 추구 하게. 이미지와 의도가 분명하게 보여야 좋은 시 낭송이라 할 수 있네. 평소에 사물을 보는 훈련이 크게 도움될 거야. 관찰하는 힘 이 낭송에서도 절대적으로 필요하지. 잘 보는 능력은 잘 낭송하 는 능력으로 옮겨간다네. 게다가 시(施) 낭송도 가능해야 할 거 야. 자신의 이야기를 누군가와 나누려는 의지가 낭송에 담겨야 해. 혼자서만 만족하고 그치는 낭송은 외롭고 공허하지. 낭송가 로부터 청중에게로 이어지는 연결을 항상 염두에 두고 낭송하게. 끝으로 시(是) 낭송이면 더할 나위 없을 것이네. 진실을 담고 옳다고 생각하는 방향을 향해 꿋꿋하게 밀고 나가는 낭송은 듣는 이들에게 신뢰를 줄 수 있으니 말일세."

노인은 언어유희를 하듯 '시'라는 음 하나를 가지고 다섯 가지의 동음 한자어로 시 낭송의 표현법을 들려주었다. 시 낭송은 새처럼 자유로운 표현 예술이라는 생각이 들었다. 한곳에 머무르기를 스스로 거부하고 세상을 자유롭게 날아다니는 새처럼 낭송을 하고 싶어졌다.

* * *

"인생이 무엇인가요?"

"한 편의 시를 낭송하는 것일지도 모르지."

"겨우 한 편이라고요?"

"지나고 보면 한순간이니까."

"한 편의 시에 우리네 인생을 담아내기도 벅찰 때가 많다네. 겉으로 보기에는 모두가 비슷비슷한 삶의 모습을 보이지만, 가까이 다가가 보면 그 궤적들이 제각각이지. 어느 누구도 비슷한 이가 없듯이 낭송도 그러하네. 삶도 시도 제대로 감당하려면 온몸으로 관통해야 하지. 삶을 잘 읊어내고 시를 잘 살아내는 것이 이토록 중요한 것인 줄 이제야 조금씩 알 것 같군."

소년은 자신의 느닷없는 질문이 시 낭송과 연결되어 돌아올 줄은 몰랐다. 듣고 보니 그럴 것이, 시 낭송을 하고 나서 소년은 자신이 부쩍 성장하고 있음을 느낀 적이 한두 번이 아니었다. 누군가 싫은 소리를 해도 상대방의 처지를 살펴 오해를 접기도 하고, 즐거운 일이 있어도 그 이면을 자꾸 염려해서 가벼워지지 않았다. 인생을 산다는 것은 또 하나의 인생을 품고 살아가는 것 같았다. 내 것과 내 주위의 것들이 마치 뫼비우스의 띠처럼 외피와 내피를 번갈아가며 존재했다. 때로는 배를 드러내다가 때로는 등을 보이는 식이었다. 그러니 어느 것도 일방적으로 나쁘지 않았고 절대적으로 옳지도 않았다. 그것을 소년은 시를 낭송하면서 자연스럽게 알아간 것이다.

"내가 시의 감동을 아무리 크게 받았을지라도 낭독을 하는 순간 어찌할 수 없는 시간을 받아 안게 된다네. 변명할 수 없는 시간들이 흘러가지. 그 안으로 타인을 초대할 수 없다면, 낭독은 허공으로 휘발되고, 목소리는 공허해지고, 몸짓은 허수아비가 되고 말지. 그러한 낭송으로부터 나를 구해내기 위해 평생을 고민했어. 나의 존재를 소외시키지 않으면서 타인의 마음을 사로잡는다는 것은 삶을 잘 사는 것처럼 힘겨웠지. 어쩌면 한 편의 시를 읊듯이 살아낸다면 결코 실패한 삶은 아니겠다는 생각이 들어."

소년은 촉촉해진 노인의 눈가를 비스듬히 바라보고 있었다. 덜어내듯이 낭송하라는 노인의 말은 삶을 채우면서 살지 말라는 의미였으리라. 지나친 기교와 시에서 벗어난 외적인 욕심이 덧붙여

진 낭송의 목소리는 듣기에 둔탁했고 버거웠다. 나답지 않게 보
이려고 하는 것은 나의 삶으로부터 스스로를 추방하는 일이었다.
내 안의 고귀한 진심을 누추하다고 느끼지 않고 고스란히 드러낼
때 사람들은 그나마 조금 관심을 가져주었다.

12장

×

구름이 구르고 있어

    노인에게 기억은 더 이상 병 속에 담겨있는 시간이 아니었다. 길을 걷다가도 어디로 가는지를 잊어서 거리에 한참을 멍하니 서 있다가 되돌아온 적도 있었다. 여전히 목적지는 기억나지 않으나, 그때 길 가장자리에 피어있던 잡초는 생생하게 기억하고 있었다. 기억해야 할 것들은 아스라이 멀어지고 기억하지 않아도 될 것들은 주걱에 붙어서 굳어버린 밥알처럼 오랫동안 들러붙어 있다. 어찌 보면 잊힌다는 것이 순리일지도 모른다. 기억된다는 것은 일종의 상처일 테니 말이다. 삶이 할퀴고 간 무형의 생채기들이 아닌가. 좋으나 나쁘나 기억은 노인에게 어제와 오늘을 연결 짓는 연약한 고리로 겨우 역할을 하고 있다. 시 낭송에 있어서 기억은 얼마나 중요한 부분을 차지하는가. 낭송을 할 때만큼은 노인에게 별도의 보조 기억 장치가 있는 듯 시어를 떠올리는 것에 거침이 없다는 것. 소년은 그것을 좀처럼 이해할 수가 없었다.

"자네는 걸을 때 가장 중요한 신체 부위가 어디라고 생각하나?"

"눈 아닐까요? 안 보이면 걸을 수 없잖아요."

"그럴 것 같지만, 실제로는 귀가 더 결정적인 역할을 한다네. 움직임을 안정시키고 머리의 균형을 잡아주는 장치가 귀 내부에 있거든. 그래서 눈을 감고는 걸을 수 있어도 귀 내부가 고장 나면 제대로 중심을 잡을 수 없어. 이렇듯 우리는 당연하게 생각하는 것들이 많아. 시를 머리로 기억한다는 것도 그렇고, 낭송을 좋은 목소리로 한다는 것도 그렇지. 자네도 이번 대회에서는 자신만의 감각 기관을 고민해 보게."

소년은 자신만의 스토리를 가지라는 주문을 채 소화하기도 전에 자신만의 감각 기관을 고민하라는 요구가 벅차면서도 기대되었다. 노인은 항상 소년이 넘어야 할 언덕을 미리 가서 손짓해 주었다. 지칠 수 없었고 주저앉을 수 없었다. 시간이 지나고 나면 자신에게 한 이 말들도 노인의 기억에서 사라질까 두려운 마음도 들었다. 소년이 조금씩 시야가 열리는 만큼 노인은 그만큼씩 망각의 보폭이 좁혀지고 있었다.

***

소년의 방에서 세상으로 향하는 길은 두 개인데, 벽에 붙은 문과 맞은편에 난 창이다. 몸이 오가는 문과 마음이 들락거리는 창은 마주 보고 있다. 통창의 절반 이상은 가슴 위까지만 가린 한복 치마처럼 시트지로 가려져 있다. 보이는 하늘은 가로가 긴 직사각형 모양이고 왼쪽 벽에 비스듬히 서있는 바나나 열매처럼 잎이 달린 파키라가 그중 3분의 1을 가리고 있다. 소년은 이따금씩 고개를 오른편으로 돌려 하늘을 본다. 애써 보려고 하지 않아야 비로소 보이는 것들이 있다. 방금 전까지만 해도 하늘에 구름이 없었는데, 잠깐 모니터로 눈을 돌렸다 다시 바라보니 구름이 창을 점령해 있었다. 잠깐 볼 때는 멈춘 듯이 보이는데, 줄곧 볼 때엔 움직임이 있는 것이 자연의 태도이다. 천천히 바라봐 주어야 자연은 제 몸짓을 조금 흘려 속살을 보여준다. 소년은 한참 동안 구름을 바라보았다. 오른쪽에서 왼쪽으로 구름이 구르고 있었다. 그래서 구름인가 보다. 소년은 생각한다. 구름들은 제각각 모양새를 바꿔가며 저 너른 들판을 지나 깊은 바다로 급히 달려가는 달팽이처럼 천천히 서두르고 있었다. 지속한다는 것, 꾸준하다는 것, 멈추지 않는 것들은 자연의 모습을 흉내 내는 위대한 미메시스이다. 자연이 힌트를 주는데, 인간들은 자신이 똑똑한 줄 안다. 아무리 기계를 인간의 속도보다 빠르게 연산하게 만든다 해도 자기 손으로 바둑알을 집어 바둑판 위에 우아하게 올려놓지도 못하는 물질일 뿐이다. 아무리 인간의 목소리를 대신해서 말하는 AI

가 하루가 멀다 하고 새롭게 업그레이드되어 세상에 나온다 해도 시 낭송이 가능한 로봇은 결코 발명이 불가능하다. 인간의 감정을 흉내 낸 목소리, 인간의 이야기를 훔쳐온 목소리, 인간의 감성을 베껴온 목소리일 뿐이다. 혹시 시도한다면 그럴듯할 것이다. 그런데 어쩌랴! 인간의 귀가 가짜를 어김없이 판독해 낼 것이다. 그리고 로봇의 낭송을 듣고 관객은 로봇의 전원을 뽑아버릴 것이다. 사람들은 무엇이 아닌 무엇인 척하는 것을 혐오하고 외면한다. 소년도 한때는 낭송가인 척 낭송한 적도 있었다. 낭송을 하며 나답지 않게 말하고 있음에 부끄러웠다. 그것은 쉽게 고쳐지지 않았고 이유도 알 수 없었다. 자연스럽다는 것이 자연스럽게 다가갈 수 있는 길이 아니라는 것을 깨달았다. 자연은 거저 주어진 당연한 환경 같지만 그 자연 나름대로의 최선을 다하고 있었다. 보이지 않게 꾸준히 움직이고 있었다. 자연으로 존재한다는 것은 그토록 힘겨운 사투였던 것이다.

다음 주가 되면 대회를 나가기 전 노인과 만나는 마지막 시간일 것이다. 요령보다는 마음가짐에 초점을 맞추고 이야기해 주는 노인이 예전에는 답답하고 서운했으나, 이제는 이해할 수 있을 것 같다. 소년은 노인을 만나고 돌아올 때면 자신의 내면에 커다란 그릇이 빚어지고 있는 것 같았다. 그 안에 무엇을 담아낼지는 소년의 몫이었다. 꼭 담지 않아도 좋은 그릇은 감상의 대상이 될 수 있으니 그리 조급하지 않았다. 불쑥 소년이 바라본 구름이 노인의 옆모습을 잠시 보이다가 이내 흩어지는 걸 혼자만 알아차리 곤 엷은 미소를 지었다.

* * *

"선생님이 말씀하신 대로 힘을 최대한 빼고 낭송해 보았습니다. 그런데 저는 아무것도 하지 않은 심심한 느낌이 드는데 어쩌죠?"

소년은 대회를 나가기 전에 마지막으로 노인에게 조언을 듣는 자리이니만큼 형식과 표현에 대한 말들을 듣고 싶은 속내가 있었다. 강렬함이 한 방 있었으면 하는데, 전체적으로 힘을 빼고 나니 밋밋함이 느껴져 성에 차지 않아서였다.

"자네가 생각하는 것만큼 지루하다거나 평이하게 들리지는 않았네. 그건 자네가 여러 가지의 유혹들을 잘 견뎌낸 탓이지. 그 점을 높이 사고 싶네."

"어떤 유혹 말인가요?"

"기존의 낭송에서는 이미지를 구현하기 위해 집중하다 보니 구상에 집착해 왔다네. 자네도 예외는 아니었을 테고. 그런데 오늘 자네가 내 앞에서 보여준 낭송은 하나하나의 피사체에 얽매이지 않음으로써 이미지를 훼손하지 않았다는 거지. 자네가 고른 시를 보고 우려한 점은, 이미지 구현은 가능하나 이야기를 담아내기에는 무리가 있어 보이는 시를 선택했다는 걸세. 모든 시에 자신의 스토리를 담아내거나 입히는 것은 불가능할 것이야. 그러다 보니 낭송가들은 낭송이 가능한 시와 가능하지 않은 시로 함부로 구분하기도 하는데, 사실은 이야기화할 수 없는 시들을 낭송하는 방법을 아직 찾지 못해서이지. 그것의 유일한 해결책으로 추상을 말하고 싶네. 어쩌면 시 낭송이 궁극으로 가야 할 마지막 종착지가 추상일지도 몰라. 참 이상하다는 생각 안 드나? 목소리가 추상인데 그 도구로 만들어 내는 것의 결과물이 추상인 건 너무도 당연한 이치 아닌가. 추상의 도구로 구상 같은 결과물들을 만들어 내려니 혼란스러운 거지. 하나 추상의 도구는 구상과 추상을 모두 만들 수 있다는 태생의 장점을 가졌지. 그래서 시 낭송이 심오하고 흥미로운 거라네."

"그러면 이미지가 뭉개지거나 모호해지지 않을까요?"

"이런 경험이 있을 것일세. 비 내리는 날에 달리는 차 안에서 밖을 바라보다 보면 비가 옆으로 내리거나 길가의 나무가 누워서 지나가는 광경을 목격한 적이 있지 않나. 그런데 우리는 그 장면을 보면서 거짓된 이미지라고 생각하지는 않지. 우리의 시각이 불완전한 것이라고 볼 수도 있겠는데, 움직이며 보는 상도 멈췄을 때 보는 상과 동일한 대상이라고 생각하지. 추상으로 가야 한다는 것은 실체적 대상을 간과하자는 것이 아니라 본질에 가까워지자는 거라네. 구상을 거치지 않고는 추상에 가닿을 수 없음을 명심하게.

"그럼 어떻게 낭송을 통해 추상적 표현이 가능할까요?"

"이런, 마음이 급해졌나 보군. 우선 구상적 낭송은 낭송자가 멈춘 상태에서 피사체의 정지나 움직임을 포착해 재현하는 형태라면, 추상적 낭송은 피사체를 그대로 두고 낭송자가 스스로 움직여 피사체에 대한 고정관념을 낭송자의 감각들을 통해 재해석하거나 그 너머를 읽어내 청자에게 들려주는 것이지. 그것을 표현할 수 있다면 이 세상에 낭송되지 못하는 시들은 존재하지 않을 거야. 목소리라는 악기로 연주하지 못하는 악보가 없어지는 거지. 추상으로 표현되는 낭송은 기존의 낭송보다 친절하지는 않아도 분명히 사색적일 거야. 처음에는 낯설어하다가도 결국 많은 이들이 열광할 것으로 보이네. 자네의 3분 40초 동안의 낭송은 추상적 낭송의 초기 버전 같다는 생각이 들었어. 이번 무대를 통해 시 낭송의 새로운 패러다임을 선포하는 계기가 될 것이야."

소년도 낭송하는 내내 이전보다 빠른 속도임에도 불구하고 이미지가 스치듯 지나가지만 명료해지고 분명해지는 것이 느껴졌다. 그 기분이 이상했는데, 노인의 모니터를 듣고 나자 이유가 확연해졌다. 노인은 더 잘하려고도 하지 말고 내 것 아닌 더 이상의 무엇을 더 보여주려고도 하지 말라고 덧붙여 당부했다.

***

'낭송은 낭송이 아닌 것들에 대한 표현의 총합이다.'

소년은 노인을 만나고 돌아와 일기장에 이렇게 썼다. 일반적인 낭송의 정의에서는 많이 벗어난 표현이지만, 이럴 수밖에 없다는 확신이 들었다. 낭송 안에서는 낭송이 보이지 않았다. 오른손으로 자신의 오른손 손등을 만지려는 무모한 시도 같았다. 낭송을 제대로 이해하려고 인터넷에서 낭송 영상을 아무리 찾아서 보아도 낭송의 본질이 잘 감지되지 않아서 답답하기만 했다. 아무것도 몰랐던 때로 자꾸 소년을 되돌려 놓았다. 잘 걷고 있는 사람을 붙들어 놓고 제대로 걸어보라고 하는 것 같았다. 팔다리의 움직임을 의식하는 순간 소년의 걸음은 왼팔과 왼발이 함께 움직이는 신참내기 병정 같은 걸음걸이로 뒤바뀌어 있었다. 사랑을 바라보려고 사랑 안으로 머리를 드밀어 넣자 사랑이 온데간데없이 자취를 감추었다. 그림자를 잡을 수 없다면 그림자를 만들어 내는 실체를 찾아야 했다. 낭송이라는 그림자는 단 하나의 실체에서 나온 것이 아니라는 것을 노인을 만나며 깨닫기 시작했다. 그렇다면 낭송과 유사한 문학이나 노래나 웅변에서 그 실체를 온전히 발견할 수 있어야 하는데 허사였다. 오히려 길을 걷다가 노천카페에 마주 앉아있는 연인들의 대화를 우연히 듣게 될 때 연애시가 보였다. 현충원에 도열한 수많은 비석들을 바라보면서 나라에 대한 충심을 담았던 시들이 거대한 원고지 속의 활자로 느껴졌다. 낭송에서 멀어지면 멀어질수록 낭송이 또렷하게 보이기 시작했다. 이것은 소년의 청소년 시절 잠깐의 방황기에 떠난 짧은 무전여행 때 느낀 감정과 유사했다. 집을 떠나보니 비로소 자신이 보였다. 이것을 낭송을 하면서 새삼 느낀 것이다. 어찌 낭송과 여행뿐일까.

소년은 고개를 들었다. 창이 창틀에 삐거덕삐거덕 부딪히는 소리와 함께 그 너머에 보이는 전깃줄이 가볍게 아래위로 작은 파동을 그리며 줄넘기하는 것이 보였다. 소년은 무심코 열린 창을 마저 닫으며 나지막이 내뱉었다.

"바람이 부네."

바람의 존재를 바람 아닌 것들이 말해주고 있었다.

* * *

막막할수록 분명해지는 순간이 있다. 시련은 결코 깨달음을 내버려 두고 홀로 오지 않는다. 최고의 시간들 양편으로는 가파른 협곡이 있어서, 최악의 시간을 지날 때보다 곱절로 위태롭다. 소년은 낭송의 성장이 있을 때마다 심한 성장통을 겪었다. 몸 안에 커다란 감성의 나무가 있어 나이테가 형성되는 상상의 통증과 같았다. 계절과 닮은 낭송의 변화는 경계가 불분명해서 봄, 여름, 가을, 겨울의 순서를 자주 거스른다. 하루는 단계를 뛰어넘은 듯하다가도 다시 뒷걸음질 쳐서 제자리로 돌아오니, 계절보다도 못한 예술의 행보다. 그나마 다행스러운 건 낭송에서는 단숨에 두 개의 계절을 뛰어넘는 경험을 할 수도 있다는 점이다. 최근 들어 소년의 낭송은 1층이 없는 2층 집을 올린 듯 괄목상대할 만했다. 대회가 주는 압박이 무수한 고민을 던져주었고, 그 자극이 무엇을 덧붙이는 형식이 아닌 허물고 다시 짓는 방식으로 다가왔기에 가능한 일이었다. 낭송이 막힐 때에는 소리 내기를 즉각 멈추었다. 기존에 자신이 녹음한 낭송들을 듣는 것에만 집중했다. 낭송할 때와는 사뭇 다른 자신이 느껴지곤 했다. 녹음을 들으며 목소리야말로 자신에게서 나온 것들 중 가장 낯선 것이 아닐까 생각했다. 아무리 익숙해지려고 해도 오른손잡이가 왼손을 쓰는 것처럼 부자연스럽고 어색했다. 이러한 거울 보기를 피하면 자신의 낭송을 객관적으로 바라볼 수 없다는 노인의 충고가 기억났다. 처음에는 곁눈질하듯 듣다가 점차 부끄러움도 피로감을 느낀 듯 소년은 비로소 자신의 낭송을 정면으로 응시했다. 목소리는 소년의 마음속 모든 감정들이 과거에서 현재까지 사투하고 난, 아니 사투 중인 증거였기에 소년만이 설명할 수 있고 이해할 수 있었다. 그 이해의 문은 둔탁하고 육중한 소리를 내며 열릴 것이다. 그것은 가슴으로만 가능하고 진심으로만 해독되기 때문이다. 잡히지 않으면서 확실한 아이덴티티를 가지는 목소리의 실체는 늘 청자의 전유물이었다. 왜냐하면 신은 자신의 목소리를 실시간으로 온전하게 들을 수 없게 인간을 설계했다. 적어도 목소리만큼은 누구나 착각하게 만들었다. 신은 명령한다. '얼마든지 말해 보아라. 이 순간 네 목소리는 전부 듣는 이들의 것이다. 자신만을 위하는 목소리는 연기처럼 사라질 것이다.' 소년도 낭송할 때는 몰랐다. 자신의 호흡이 이토록 둔탁한지, 리을 발음에서 조급해지는지를. 신이 인간에게 던져준 목소리는 '듣고자 하는 이'가 꼭 있어야 완성이 되는 원리를 가지고 있었다. 인류가 만든 문명의 이기 중에서 신을 가장 무색하게 만든 것은 단연 녹음기가 아닐까. 누구나 녹음기가 장착된 스마트폰을 지니고 다닌다. 불리한 상황에 대한 증거물로나 사용하는 녹음 기능을 자신의 목소리를 듣는 기능으로 사용한다면 세상은 달라질 것이다. 내 목소리가 얼마나 화나 짜증으로 점철되어 있는지, 얼마나 무수한 상처에 피로해 있는지를 듣게 된다면 자신을 더욱 아끼게 될 것이 분명하다. 내면의 거울 보기는 자신의 목소리를 녹음해 들어보는 것일 게다. 소년은 자신의 목소리를 들으면서 낭송을 살피기보다 자신의 마음 구석구석을 살피는 색다른 경험을 하고 있었다.

***

440여 년 전 몽테뉴는 그의 대표작 《수상록》을 쓰면서 미래의 독자들에게 이렇게 고백한 적이 있다.

이 책을 읽을 독자들이여! 그대 앞에 놓일 이 책은 내가 성실한 마음으로 쓴 것입니다. 이 책은 처음부터 나의 개인사와 같이 매우 사사로운 것들 이외에는 다른 어떠한 것도 목적으로 말하고 있지 않음을 미리 밝혀두는 바입니다. 그 이상을 이야기한다는 것은 내 능력 너머의 일이기 때문입니다. 누군가 이 책을 보다가 내 어떤 모습이나 기분의 특징들을 보며 나에 관해 보다 온전하고 생생하게 알아간다면 더할 나위 없이 기쁜 일이 될 겁니다. 여러분도 저와 같이 있는 그대로 자연스럽고 꾸밈없이, 특별할 것 없는 자신의 모습을 보여주길 바랍니다. 여기에서 내가 묘사하는 것은 나 자신입니다. 나의 결점들이 여기에 고스란히 담겨있습니다. 말할 수 있는 최대한의 한도에서 나의 모든 것들을 내보이고 있습니다. 그러니 독자여! 이 책의 재료는 온전히 나 자신임을 밝힙니다.

소년은 인간의 조건부터 죽음에 대한 이야기까지를 읽고 나자 서문으로 눈이 갔던 것이다. '나는 무엇을 안다고 말할 수 있을까!' 소년이 독서하면서 줄곧 자신에게 묻던 화두가 이곳에 있었다. 그렇다. 내가 아닌 것들에 대해서 아무것도 말할 수 없다. 내가 감각하는 것 이외에는 그 어떠한 것도 말해서는 안 된다. 적어도 낭송을 할 때만큼은 그렇다. 몽테뉴의 일방적인 이야기임에도 불구하고 소년은 그와 대화를 나눈 것과 같은 착각이 들었다. 그렇게도 듣고 싶었던 낭송의 비밀을 낭송이 아닌 언어로 만나게 되다니 놀라웠다. 소년은 천군만마를 얻은 심정이었다. 고전의 생명력은 현재의 나 자신을 추동하는 힘에 있다. 낭송의 생동성 또한 그럴 것이다. 적어도 화려한 박제를 만들고 싶지는 않다. 소년은 마음이 초조할수록 에움길을 선택하기로 마음먹었다. 그것은 자신에게 부단히 다가가려는 수많은 시도일 것이다. 누추할지라도 보잘것없을지라도 그것만이 유일한 방법이라고 소년은 생각했다.

***

소년은 13분을 기다리고서야 마을버스를 탈 수 있었다. 얼마 전에 친구가 권해준 대중교통 앱을 설치했으나 이내 지웠다. 여유를 두고 집을 나서는 그에게는 그 앱의 장점이 그다지 유용하지 않았다. 촌각을 다투는 직업을 가진 것도 아니고, 정류장에서의 기다림이 나쁘지도 않아서다. 날이 춥거나 더울수록 문명의 편리함은 그 진가를 발휘하지만, 소년은 잃어버리는 것들이 그만큼 많아진다고 여겼다. 13분은 정류장 주변의 사물들을 관찰하기에 적절한 시간이었다. 따가운 햇살이 정류장 차양막에 비스듬히 뿌려져 바로 아래에 놓인 나무 의자에 앉기는 힘들었다. 두 걸음 정도 뒷걸음치니 허리 높이까지 오는 화단이 있었다. 나무들 사이에 잡초보다 큰 풀들이 어지럽게 웃자라 있었다. 풀잎의 앞과 뒤는 촉감이 달랐다. 그 옆의 풀잎들도 만져보았다. 기다란 펜촉 같은 잎들도 있었고, 나무에 자라는 잎과 비슷한 모양의 잎들도 있었다. 각각의 잎들은 자기 나름대로 아치를 그리며 힘껏 손을 내밀듯 기지개를 켜고 있었다. 초록은 동색이 아니구나. 가까이 보니 길이와 모양이 일치하는 잎을 찾기가 어려웠다. 유사한 모양의 마작패만 가득한 판을 보는 듯했다. 소년은 이번 대회 본선 진출자 명단을 보면서 작은 고민이 생겼다. 소년이 선택한 시를 가지고 본선에 올라오는 지원자가 무려 세 명이나 되어서였다. 심사위원이 같은 시를 세 번이나 듣는다면 불리하지 않을까 싶었다. 반복된다는 자체가 지루하게 느껴질 수도 있고, 표면적으로 비교될 수도 있을 테니 말이다. 어쩌면 타인과의 경쟁에 연연하지 않고 자신에게 집중한다면 그 모습은 이 풀들처럼 분명하게 구분되어 전달될 것이다. 평소에는 가볍게 스쳐 가며 보던 자연이나 사물들을 가까이에서 바라보자 소년에게 말을 건네는 듯했다.

***

소년이 오랜만에 친구를 불러낸 자리였다.

"너 이렇게 마셔도 돼? 대회도 얼마 안 남았다며?"

"야! 그거 알아? 낭송은 연습할수록 더 못한다는 거!"

"무슨 소리하는 거야! 연습하기 싫으니까 궤변은."

"황금이 무슨 색이냐?"

"그야 노란색이지."

"틀렸어. 육안으로 볼 때에만 노란색이지. 사실 아주아주 잘게 잘라서 보면 붉은색으로도 보이고 보랏빛으로도 보여. 마치 밥을 한 숟갈 입에 넣고 처음 씹을 땐 밋밋한 맛이었다가 자꾸 씹다 보면 단맛이 나듯이, 세상 모든 물질들은 크기와 형태에 따라 변신을 즐기는 것 같아. 그러니까 있는 그대로 보고 판단하는 건 절반, 아니 거의 전부를 놓치는 거야."

소년은 자신의 잔을 입에 털어 넣으려다 빈 잔임을 알아차리고 잔을 든 채 손을 여러 차례 까딱거렸다. 이유도 따지지 않고 느닷없이 만나자고 말할 수 있으니 친구가 좋은 거다. 그것을 번거롭다 느끼지 않고 응하니 친구인 거고. 한참 만에 만나도 편한 마음에 두서없는 말들을 분리수거 없이 쏟아냈다.

"난 그냥 대회 날까지 그리움만을 채워나갈 거야. 우체통처럼 가만히 앉아 빨갛게 그리워할 거야. 등대처럼 기다랗게 서서 별빛을 그리워할 거야. 해바라기가 되어 노랗게, 노랗게 그리워할 거야."

"야! 정신 차려! 야! 괜찮아? 아이참, 큰일이네."

게임에서 벌주 마시듯 연거푸 들이켠 여덟 잔 술에 소년은 자신의 일기장에 적어놓은 다짐을 고백으로 게워내고 있었다. 낭송은 그리움이 내면에 가득 채워지는 순간 완벽해질 것이다.

*　*　*

　대회 날 아침, 소년은 여느 때보다 일찍 눈을 떴다. 시작 시간은 점심 이후지만 긴장 속에 잠자리에 든 탓에 맞춰둔 알람 시간보다 이르게 몸이 반응한 것이다. 최근 며칠 사이로 아침 기온이 하루가 다르게 내려가고 있었다. 자면서 걷어찼던 이불도 자고 일어나면 돌돌 말린 채 몸을 감싸고 있을 정도로 새벽 공기가 쌀쌀했다. 늘 하던 루틴을 천천히 마쳤는데도 시간 여유가 있어 행사 장소를 검색해 보니 근처에 공원이 있었다. 소년은 그곳에서 마인드 컨트롤을 하기로 했다. 옷장을 열어 여름과 가을 사이에 입을 만한 단정한 옷을 고르는데, 마치 김밥 집에서 김밥을 고를 때와 같은 기분이 들었다. 어쩔 수 없이 한쪽 계절로 치우쳐 골라야 했기에 짧은 반팔 셔츠에 아래위가 일치하지 않는 색상의 면바지와 여름 재킷으로 조합했다. 소년이 가진 옷이라고 해봐야 바지와 재킷과 셔츠를 다 모아도 2×1×3이니, 이 구성으로 나올 수 있는 경우의 수는 여섯 가지의 단조로운 선택뿐이다. 너무 없는 것도 고민이고 너무 많은 것도 고민이지만, 전자 쪽이 시간을 절약한다는 장점을 가진다. 거울 앞에서 재킷을 걸치면서 소년은 낭송할 시의 마지막 연을 중얼거리고 있었다. 느낌이 나쁘지 않았고, 리듬이 순조로웠다. 암송된 활자가 아닌 마음의 결이 거칠지 않았다는 거다.

집에서 나오자마자 예상보다 기온이 높아 재킷을 벗어 왼팔에 걸었다. 여전히 오전은 여름의 점령지였다. 지하철역으로 가는 길에 문을 연 한식집이 있어서 간단한 메뉴로 요기한 후 열차에 올라탔다. 지도상으로는 그다지 멀지 않은 거리였는데, 지하철은 커다란 반원을 그리며 우회했다. 브레인 파크라는 별칭을 달고 있는 이 공원의 정식 명칭은 월넛 시티즌 파크이다. 주변에 호두나무가 많아서 붙여진 이름인데, 호두 모양이 뇌와 닮아서 이곳에서 산책을 하면 시험에 떨어지지 않는다는 속설이 있다고 했다. 소년은 가장 너른 밑동을 자랑하는 큰 나무 아래 서서 크게 심호흡을 했다. 도심 한가운데에 있는 공원인데도 도시 소음을 무성한 나무들이 감싼 듯 고요했다. 호흡 하나만으로 기운을 조절하고 있었다. 불쑥 떠오른 것은 시가 아닌 달포 전 술자리에서 친구와 나눈 대화였다.

"조류에서 포유류로 진화를 했잖아. 근데 이상하지 않냐? 나는 것이 걷는 것보다 우위에 있는 거 아니냐? 인간은 날고 싶어 환장을 하는데, 진화는 거꾸로 나는 것에서 걷는 것으로 하고 말이야. 하늘을 나는 것이 별로인가? 하기야 닭도 날개가 있는데 주야장

천 인간 옆에 붙어서 새가 아닌 체 살아가는 걸 보면 그런 거 같기도 하고."

"인간은 날고 싶지 않을 거야. 두 개의 여린 날개에 몸뚱이를 맡겨야 하니, 만날 다이어트 생각에 얼마나 스트레스겠어?"

"아! 그런가? 하하하."

왜 갑자기 한 달이나 지난 이야기가 긴장되는 이 순간에 떠오른 것일까. 생각은 럭비공처럼 예측할 수 없는 방향으로 튀어 불쑥 노인의 안부가 궁금해졌다. 전화기의 통화 연결음이 한참을 반복해서 울렸지만 노인은 전화를 받지 않았다. 소년은 메시지로 근황과 감사 인사를 두서없이 남기고 다시 호흡을 가다듬었다.

***

노인에 대한 소식을 알게 된 것은 뜻밖에도 어느 문화계 기자가 낸 르포 기사를 통해서였다. 포털 사이트 메인 화면에서 우연히 보게 되었는데, 대회를 마친 지 석 달이나 지난 후였다. 무소식에 대한 걱정을 넘어 노인의 무심함에 대한 섭섭함으로 넘어갈 무렵이었다. 간접적으로 들리는 소문들은 그야말로 뜬소문이었다. 산속으로 들어갔다느니 스스로 세상을 등졌다느니 하는 이야기들은 스모그 같은 형상으로 사람들 사이에 형성되다가 사라지곤 했다. 이번 기사는 나름의 주목을 받게 되었는데, 노인 주변을 취재하던 기자가 자택에 있는 책상 서랍에서 발견했다는 시 한 편 때문이었다. 폴란드의 여류 시인 비스와바 쉼보르스카의 〈두 번은 없다〉라는 작품을 노인이 필사한 것이었다. 기사는 그녀의 죽음의 원인이었던 병명이 노인과 일치하기에 유언이 아니겠느냐는 추측으로 그의 행방에 대한 결론을 이끌어 갔다. 결정적으로 '장미꽃이 떨어져 내리는 것', '사라질 것이다'와 같은 시어들이 죽음을 암시한다느니 하는, 수능 일타 강사 같은 시어 분석도 덧붙였다. 자신의 추정을 기정사실화하는, 소설에 가까운 기사였다. 소년은 읽을수록 미궁인 기사를 닫고 공연 라인업의 시 리스트를 열었다. 몇 개의 시를 빼고 노인이 필사한 시를 찾아 넣었다. 잠깐의 해프닝 같은 기사에도 노인은 나타나지 않았다. 노인은 이 시를 적으며 무슨 생각을 했을까. 소년은 다음 주말부터 거리 공연을 시작할 것이다. 지난여름 내내 쏟아지던 뜨거운 햇빛이 아니라 부드러운 낙엽들의 환대를 받으며 낭송을 할 것이다. 그것만으로도 부족함이 없는 가을일 것이다.

I

나는 구름 채집가다.

산다는 것은 결국 푸념과 의욕 사이의 그 무엇에 다름 아니지 않은가. 세상은 이미 존재하지 않는 것들을 끄집어내서 벌써 사라진 이야기를 하려는 태세다. 구름에 목줄을 하고 산책을 나갔다가 빗줄기 하나 목에 두르고 돌아오는 날이 많아진 요즘이다. 누군가 취미가 무어냐 물었을 때—최첨단 시대에 취미나 특기를 묻다니 레트로가 트렌드인 건 분명하다—한 치의 주저함도 없이 구름을 모은다고 했다. 때로는 그 구름들을 포르말린에 담가 보관하거나 박제를 한 후 핀에 꽂아 보관한다고 친절한 설명을 덧붙여 주기도 했다. 이러나저러나 구름은 시시각각 변모하기에 어느 순간에 원하는 구름을 포획하느냐는 오랜 경험과 감각에 의해서만 실현 가능하다. 자칫 아름다운 형상에 취해 잠자리를 타고 하늘로 솟아올라 구름을 손으로 성급하게 잡는 날에는 뽀얀 담배 연기처럼 흔적조차 남기지 않고 사라질 것이다. 향기는 없지만 무수한 내음을 품고 있어서 코를 가져다 대는 이의 마음에 따라 각각의 고유한 후각을 자극한다는 사실은 구름 채집가들 사이에서는 공공연하다. 구름을 대충 바라보는 이들만이 '흘러간다'라고 함부로 말하는데 이는 구름의 독특한 생태를 모르고 하는 발언이다. 만약 그러했다면 구름이 아니고 '흐름'이라고 불리었을 테니 말이다. 한참을 끈기 있게 바라보면 구름은 나름대로 열심히 구르고 있음을 알아차릴 수 있다. 눈[雪]은 구르면서 덩치를 키우는데 구름은 구르면서 자신의 일부를 스스로 떼어내며 몸뚱이를 줄인다. 눈처럼 불어난 육체를 슬림하게 줄이는 방법을 구름처럼 움직이는 것에서 찾는 다이어터들의 출현이 최근 SNS에서 화제다. 일찍이 이에 영감을 얻었다고 알려진 '버림의 미학'은 실제로 구름으로부터 벤치마킹했다. 미니멀리즘이 처음 등장한 1960년대, 단순함의 미적 사조를 통칭해 클라우디즘(cloudism)이라고 명명할까를 두고 미루나무 아래에 모여 달포 밤낮으로 고민했다는 이야기는 최근 우연히 뭉게구름과 새털구름이 은밀하게 속삭이는 것을 엿듣고 알게 된 새로운 사실이다.

공식 단체인 세계 구름 채집가 모임의 초대 회장은 생텍쥐페리였다. 그가 인수인계 없이 갑자기 세상에서 사라지는 바람에 영원한 회장으로 남아있지만, 그가 취임사로 했던 이야기 중에서 가장 인상적인 문장이 떠올라 소개할까 한다.

완벽함이란
더 보탤 것이 남아있지 않을 때가 아니라
더 이상 뺄 것이 없을 때 완성됩니다.

완벽한 구름을 찾기 위해 떠난 그의 마지막 비행은 구름에는 커다란 아가리가 있다는 '구름 유사동물설'과 같은 항간의 속설을 더욱 견고하게 하는 데 일조하기도 했다. 구름 채집가들이 싫어하는 말은 '뜬구름 잡는 소리 하고 있네!'이다. 막연하고 허황된 얘기를 뜬구름에 빗댄 것이 못마땅한 것은, 다름 아니라 구름은 가라앉은 구름이란 게 없이 모든 뜬 상태라는 사실에 기인한다. 그렇다면 구름 같은 이야기는—상상에서만 가능한—현실에는 없는 이야기란 말이다. 엄연히 눈에 확연하게 보이는 구름이 어찌 존재하지 않는 것이냐는 게 구름 채집가들의 이유 있는 항변이다.

거듭 말하지만 나는 구름 채집가다. 구름 취향을 언급하자면, 뭉게구름이라고 부르는 적운[cumulus]도 좋아하지만, 말 꼬리

구름이라고 불리는 권운[cirrostratus]을 더 좋아한다. 모양은 위풍당당하지 않으나, 이 녀석은 좋은 날씨 때마다 꼭 모습을 드러내는 것도 호감이다. 또한 구름이라면 으레 치장하는 흰색뿐만 아니라 밝은 회색, 분홍, 주황 등 다양한 색으로 자태를 뽐낼 줄 아는 것도 마음에 든다. 오늘은 적란운[cumulonimbus]이 모처럼 모습을 드러냈다가 사라졌다. 이 구름은 스스로 위력이 필요하면 그때마다 몸집을 키워 우렁차게 포효하고 세상을 호령하는 것으로 악명이 높다. 녀석의 덩치는 매번 보는 이로 하여금 겁먹게 하지만 귀한 비를 선사하니 마냥 미워할 수만은 없다. 노파심에 하는 말인데, 혹자는 구름의 쓸모를 운운할 수도 있을 테니 이쯤에서—보안을 위해 비밀을 유지해 주시길—나의 구름 프로젝트를 살짝 공개하는 게 좋겠다. 나의 소박한 소망 중 하나는 지붕이 개방된 갤러리에서 그동안 채집해 둔 구름들을 풀어놓고 전시회를 여는 일이다. 물론 벽이 아닌 천장에 걸 것이다. 아직 지구상에는 그 기술이 상용화되지 못해 그날이 오기만을 손꼽아 기다리는 중이다.

II

누구나 자신이 원하는 일을 하며 살아가기를 꿈꾼다. 어떤 이는 그러한 바람을 이루기도 하고 어떤 이는 그러지 못하기도 한다. 세상에는 꿈꾸기를 독려하고 격려하는 이야기들이 넘쳐난다.

그에 비해 꿈을 이룬 이들의 고민과 고충을 헤아려 주는 이야기는 드문 듯하다. 왜냐하면 꿈을 이룬 순간 모든 보상을 받았다고 여기기 때문이다. 당신이 꿈꾸었던 좋아하는 일을 하고 있는데 무엇이 힘드냐고 말할 것이다. 그러나 해야 할 일을 하는 이는 힘겨울 때 다른 곳으로 도망칠 수 있지만 좋아하는 일을 하는 이는 그 일을 벗어나 어디에도 갈 곳이 없다. 숙명처럼 어쩔 수 없는 아름다운 저주에 걸린 이들을 누가 위로해 줄 것인가. 어떻게 공감해 줄 것인가. 이 소설 《꿈꾸는 낭송 공작소》는 그러한 이들에게 손을 내밀고 귀를 열어 차분하게 이야기를 들어주고 말을 건넬 것이다.

III

소설처럼 대구에서 살고 있는 안드레아와 시처럼 캐나다에서 살고 있는 데레사, 인생의 마지막까지 친구로 함께할 수, 욱, 효 (가나다순)에게 이 책을 바친다.

한여름인 양 뜨거웠던 2023년 유월에

이효은

· 시 낭송 QR 코드 ·

윤동주, 〈서시〉

에드거 앨런 포, 〈애너벨 리〉

기형도, 〈입 속의 검은 잎〉

이상, 〈거울〉

신경림, 〈농무〉

꿈꾸는 낭송 공작소
소년과 노인의 아름다운 낭송 이야기

초판 1쇄 인쇄 2023년 7월 24일
초판 1쇄 발행 2023년 8월 7일

지은이 | 이숲오
발행인 | 강봉자, 김은경

펴낸곳 | (주)문학수첩
주소 | 경기도 파주시 회동길 503-1(문발동 633-4) 출판문화단지
전화 | 031-955-9088(마케팅부), 9530(편집부)
팩스 | 031-955-9066
등록 | 1991년 11월 27일 제16-482호

ISBN 979-11-92776-77-4   03810